感染症を題材とした小説の世界

～新型コロナウイルス感染症を中心として

目次

はじめに

新型コロナウイルスによるパンデミックの発生から現在に至るまでの流れ

《世界の流れ》

中国・武漢市で原因不明の肺炎による集団感染が２０１９年12月８日に発生したとＷＨＯ（世界保健機構）に報告された。２０２０年１月９日には中国国営メディアの報道で、中国の専門家グループが新型コロナウイルスを検出し、そのウイルスによる集団感染が華南海鮮卸売市場で発生したことが明らかになった。

数カ月もたたぬ間にその新型コロナウイルスは、アジアからヨーロッパ、北アメリカなど世界中に拡散していった。

武漢で確認された従来型ウイルスは、より感染力が強いアルファ株、アルファ株よりさらに感染力が強く病原性が高いデルタ株、そしてデルタ株よりもさらに感染力が強いが病原性が低いオミクロン株と変異を繰り返し続けている。

WHOが世界の新型コロナウイルスの感染拡大を受けて、2020年1月30日に「緊急事態宣言」を発出してから3年が経過した。イギリス、アメリカ、日本ではオミクロン株が90％以上を占める状態が続いている。

2023年2月16日現在、世界の新型コロナウイルスの感染者数6億7321万6440人、死者数685万6055人に達している（ジョンズ・ホプキンズ大学発表）。

アメリカ、中国、ヨーロッパ諸国などでは、ゼロコロナ対策からウイズコロナ対策に移行する動きが盛んになってきている。

《日本の流れ》

日本では2020年1月16日、厚生労働省が国内初の新型コロナウイルス感染者の確認をしてから2023年3月の時点で感染者3352万7123人、死者7万4669人（ジョンズ・ポプキンズ大学発表）に達している。

一般に、新型コロナウイルスによる感染者、死者の増減などの推移を確認するため感染の山と谷を一つの波として時系列に表現する方法が採られている。

日本では、新型コロナウイルスによる感染者が初めて確認されてから、2023年9月の時点で第9波までの波を経過している。

【第1波】（2020年1月～5月　致死率5・34％）

最初の波は、2020年4月11日をピークとする波である。全国の一日当たりの新規感染者数は720人を記録した。

・2月27日、クルーズ船「ダイヤモンド・プリンセス」内で集団感染が発生した。

・安倍元首相が布マスクの全戸配布を表明した。

【第2波】（2020年7月〜9月　致死率0・93％）

2020年8月7日をピークとする波である。全国の一日当たりの新規感染者数は1605人を記録した。

・4月7日、東京などに初の「緊急事態宣言」が発出された。

・GoToトラベルが開始された。

・4月16日、国民一人当たり一律10万円の支給が決定された。

【第3波】（2020年10月〜2021年2月　致死率1・82％）

2021年1月8日をピークとする波である。全国の一日当たりの新規感染者数は7956人を記録した。

・1月7日、東京都、埼玉県、千葉県、神奈川県の4都県に「緊急事態宣言」

が発出された。

・2月17日、医療従事者へのワクチン接種が開始された。

【第4波】（2021年3月〜6月　致死率1・88％）

2021年5月8日ピークとする波である。全国の一日当たりの新規感染者数は7234人を記録した。

・従来型ウイルスより感染力の強いアルファ株への変異が進行した。

・4月5日、「まん延防止等重点措置」が大阪、兵庫、宮城の3府県に初めて適用された。

・菅元首相が1日100万回接種を目指すことを表明した。

【第5波】（2021年7月〜9月　致死率0・32％）

2021年8月20日をピークとする波である。全国の一日当たりの新規感染者数は2万5995人を記録した。第5波でこれほど多くの感染者が増大したのはアルファ株以上に感染力の強いデルタ株の影響であった。

・11月30日、オミクロン株が国内で初めて確認された。

【第6波】（2022年2月〜6月　致死率0・17％）

2022年2月2日をピークとする波である。全国の一日当たりの新規感染者数は10万4447人を記録した。初めて10万人を突破し過去最多を更新した。

【第7波】（2022年7月〜9月　致死率0・11％）

2022年8月24日をピークとする波である。全国の一日当たりの新規感染者数は7969人を記録した。

・10月11日、全国旅行支援が開始された。

【第8波】（2022年10月〜2023年9月　致死率0・18％）

２０２３年１月７日をピークとする波である。全国の一日当たりの新規感染者は９４７５人を記録した。

・新規感染者数の発表が「全数把握」から「定点把握」に変更された。
・新型コロナウイルスが感染法上の2類から5類に移行した。
・5月8日、WHOからオミクロン株が「変異株EG・B」へと置き換わりが進んでいるとの発表があった。

【第9波】（2023年9月〜）

・10月3日、ノーベル生理学・医学賞が、カタリン・カリコ氏、ドリュー・ワイスマン教授に贈られた。新型コロナウイルスに対する「mRNAワクチン」につながる基礎技術が評価された。

（2023年1月15日付、22日付、10月3日付の朝日新聞より）

パンデミックで一変した私たちの社会

３年に及ぶ新型コロナウイルス禍は、私たちの社会に様々な影響を及ぼしている。

航空、鉄道などの交通業界、観光業界、飲食業界などが大きな打撃を受けた。オンライン会議や在宅業務など働き方に大きな変化が起こった。失業率が高くなり職を失う人も増えた。

外出制限や人と人との接触制限などで人付き合いが希薄になった。コロナ感染者や家族に対するいわれのない差別意識の発生や行き過ぎた同調圧力の動きなど心理的な分断も広がってきた。

注目を集める「感染小説」

日本経済新聞が「新型コロナウイルス感染を受け、新潮社文庫版の『ペスト』(カミュ)の発行部数が１００万部を超えた」と報じた(２０２０年４月９日)。

また、インターネットには、次のようなブログが次々と発信されるようになってきた。

【パンデミック（ウイルス感染）小説《おすすめ作品ランキング10作》】（2020・4）

『ペスト』（カミュ／1969年）
『首都感染』（高嶋哲夫／2020年）
『復活の日』（小松左京／1964年）
『夏の災厄』（篠田節子／1995年）
『黒い春』（山田宗樹／2000年）
『天使の囀り』（貴志祐介／1998年）
『生存者ゼロ』（安生 正／2013年）
『月の落とし子』（穂波 了／2019年）
『ホット・ゾーン』（リチャード・プレストン／2014年）
『天冥の標Ⅱ　救世群』（小川一水／2010年）

【疫病文学およびコロナ禍おススメ短編2選】

『マスク』　菊池　寛
『流行感冒』　志賀直哉

「感染小説」の魅力と効用

（1）感染症パンデミックを生き抜く示唆を与えてくれる
（2）悪性ウイルスや悪性病原体の脅威を伝えてくれる
（3）政府や地方公共団体の感染対策のまずさや不備を知り、適切な対策を求めるきっかけになる
（4）感染症パンデミックの中で発生する人間の心理的弱さを知る
（5）感染症と闘う医療従事者に対する感謝や尊敬を醸成する
（6）感染症と闘う中で生まれる人間相互の助け合いの素晴らしさを知る

（7）感染症に対する危機意識、感染拡大防止の意識を高める
（8）恐るべきウイルスや病原体との手に汗を握る戦いの描写や推理の面白さなどエンターテイメント性豊かな作品に触れることができる

以上のように感染症を題材とした小説の魅力と効用は尽きない。

私を捉えた「感染小説」の意味

ステイホームが叫ばれ様々な行事が中止になっていくなかで、家で過ごす時間がたっぷりと転がり込んできた。２０２０年に国内で感染者が確認されてから３年が経過した。

この間、新型コロナウイルス関連の小説が次々と出版されてきた。この貴重な時間を利用して、『復活の日』小松左京、『隠されたパンデミック』岡田晴恵、『首都感染』高嶋哲夫など既刊の作品を皮切りに、新たに出版された作品を手あたり次第に読んでいった。既刊の作品はインターネットを通じて手に入れるこ

とができた。いつの間にか80冊に近い本が積み上がった。

実は、私は経済小説のファンで2020年1月に幻冬舎から『経済小説の世界』という表題の単行本を出版した。この本のまえがきに「本書は経済小説を乱読してきた経験を踏まえ私自身の視点で、経済小説や経済小説作家を様々なジャンルに分けて紹介したものである」と記しているように、経済小説のデータベース的な内容である。

これに倣って、感染症を題材とした小説を紹介したガイドブック的な作品の出版を思い至った。医療については全く素人で浅学非才の私がこのような出版に乗り出すなど荷が重すぎる思いがする。しかし、少しでも多くの方々が感染症を題材とした小説に興味を持ち大いに楽しんでいただくきっかけになれば望外の喜びである。外国では、『デカメロン』ボッカチオ（1348年）、『ペストの記憶』ダニエル・デフォー（1722年）、『ペスト』アルベール・カミュ（1947年）、『ザ・スタンド』スティーブン・キング（2004年）など数々の優れた話題性に富んだ感染小説が過去から現代にかけて出版されている。興味の種は尽きないが、本書では日本の作家に限定して解説を進めていきたいと思う。

I

私が読んできた「感染小説」たち

『復活の日』／小松左京／角川文庫
『H5N1』／岡田晴恵／幻冬舎文庫
『隠されたパンデミック』／岡田晴恵／幻冬舎文庫
『首都感染』／高嶋哲夫／講談社文庫
『ナニワ・モンスター』／海堂　尊／新潮文庫
『スカラムーシュ・ムーン』／海堂　尊／新潮文庫
『コロナ黙示録』／海堂　尊／宝島社
『エピデミック』／川端裕人／集英社文庫
『サリエルの命題』／楡　周平／講談社
『夏の災厄』／篠田節子／角川文庫
『破船』／吉村　昭／新潮文庫
『災厄』／周木　律／角川文庫
『臆病な都市』／砂川文次／講談社

『火定』／澤田瞳子／ＰＨＰ文芸文庫
『安政くだ狐・首斬り浅右衛門人情控』／千野隆司／祥伝社文庫
『黒い春』／山田宗樹／幻冬舎文庫
『時限感染』／岩木一麻／宝島社
『感染列島パンデミック・イブ』／吉村達也／小学館
『封鎖』／仙川　環／徳間文庫
『感染シンドローム』／初瀬　礼／双葉文庫
『デビルズチョイス』／初瀬　礼／双葉文庫
『ＢＡＢＥＬ・バベル』／福田和代／文春文庫
『赤い砂』／伊岡　瞬／文春文庫
『月の落とし子』／穂波　了／早川書房
『生存者ゼロ』／安生　正／宝島社文庫
『レッドリスト』／安生　正／幻冬舎文庫

『ザ・パンデミック』／濱　嘉之／講談社文庫
『キャプテンサンダーボルト』／伊坂幸太郎・阿部和重／新潮文庫
『感染列島』／涌井　学／小学館文庫
『感染捜査』／吉川英梨／光文社
『ただいま、お酒は出せません！』／長月天音／集英社
『感染源』／仙川　環／ＰＨＰ文芸文庫
『鬼嵐』／仙川　環／小学館文庫
『巡査長　真行寺弘道』／榎本憲男／中央公論社
『ブラック・ショーマンと名もなき町の殺人』／東野圭吾／光文社
『臨床の砦』／夏川草介／小学館
『機械仕掛けの太陽』／知念実希人／文藝春秋社
『トリアージ』／犬養　楓／書肆侃侃房
『連鎖感染』／北里紗月／講談社

『ドクターGの教訓［番外編］コロナ騒動』／高橋弘憲／論創社
『パンデミック追跡者（第一巻）』／外岡立人／リトル・ガリバー社
『パンデミック追跡者（第二巻）』／外岡立人／リトル・ガリバー社
『パンデミック追跡者（第三巻）』／外岡立人／リトル・ガリバー社
『武漢コンフィデンシャル』／手嶋龍一／小学館
『首都圏パンデミック』／大原省吾／幻冬舎文庫
『売国のテロル』／穂波　了／早川書房
『ブルータワー』／石田衣良／徳間書店
『ライヴ』／山田悠介／角川文庫
『ヒュウガ・ウイルス』／村上　龍／幻冬舎文庫
『ヒポクラテスの試練』／中山七里／祥伝社
『コロナ狂騒録』／海堂　尊／宝島社
『あなたに安全な人』／木村紅美／河出書房新社

『コロナの夜明け』／岡田晴恵／角川書店
『パルウイルス』／高嶋哲夫／角川春樹事務所
『白銀の逃亡者』／知念実希夫／光文社文庫
『カタストロフマニア』／島田雅彦／新潮文庫
『竜と流木』／篠田節子／講談社
『清浄島』／河﨑秋子／双葉社
『レフトハンド』／中井拓志／角川ホラー文庫

短編小説

『マスク』／菊池　寛／文春文庫
「『簡単な死去』（『マスク』の中に収録）
『船医の立場』（『マスク』の中に収録）
『流行感冒』／志賀直哉／岩波文庫（『小僧の神様』の中に収録）

『赤い雨』／貴志祐介／文芸春秋社（『罪人の選択』の中に収録）

【伝染《うつ》る恐怖　感染ミステリー傑作選　宝島社文庫】

（以下8編を収録）

『赤死病の仮面』／エドガー・アラン・ポー
『瀕死の探偵』／アーサー・コナン・ドイル
『悪疫の伝播者』／フリーマン
『空室』／マーキー
『南神威島』／西村京太郎
『疫病船』／皆川博子
『叫び』／梓崎　優
『二週間後の未来』／水生大海

『コロナと潜水服』／奥田英朗

【ステイホームの密室殺人2　星海社】

（以下6編を収録）

『ステイホーム殺人事件』／乙一

『潔癖の密室』／佐藤友哉

『すていほぉ～む殺人事件』／柴田勝家

『題名のない朗読会（抄）』／法月倫太郎

『迷惑な殺人者』／日向　夏

『末恐ろしい子供』／渡辺浩弐

『アンソーシャル ディスタンス』／金原ひとみ

Ⅱ

19ジャンルにも分類できる「感染小説」のテーマ

病原体（ウイルス、細菌、生物など）によって起こされる感染症が様々な形で小説を構成している。この項ではその概要をまとめた。

●将来、人類を脅かす感染症パンデミックを予言した小説

『復活の日』／小松左京

致死率100％のウイルスと核ミサイルの脅威により人類絶滅の危機が現実化するなか、各国の南極基地で人類再生に向けて動き出す人々を描く人間ドラマ。

『H5N1　強毒性新型インフルエンザウイルス日本上陸のシナリオ』／岡田晴恵

H5N1型鳥ウイルスから変位した新型インフルエンザ感染のリスクは2009年でも残っている。もし、このウイルスが日本に上陸したらどうなるのかそのシナリオを描く。

『夏の災厄』／篠田節子

小都市で発生したウイルス感染症をめぐってワクチンに対する政府の対応、反ワクチン運動、医療行政の貧困などの問題に住民が多角的に取り組む姿を描く。

●政府、厚生労働省、地方自治体の感染症対策のまずさや不備を描いた小説

『隠されたパンデミック』／岡田晴恵

新型コロナウイルスが蔓延する10年前に、政府の新型インフルエンザ対策の遅れを指摘し適切な感染症対策の啓蒙に取り組む姿を描く。

●コロナ禍をめぐって政治、行政、医療が織りなす混沌とした人間模様を描いた小説

『コロナ黙示録』／海堂　尊

コロナ・パンデミックに展開する初期のコロナ禍の状況を描いている。

『ナニワ・モンスター』／海堂　尊

浪速府で発生した新型インフルエンザの報道が激しくなり、政府は浪速を経済封鎖した。その裏には霞が関の陰謀がからんでいた。

『スカラムーシュ・ムーン』／海堂　尊

新型インフルエンザ騒動で揺れる浪速の街で、ワクチンが不足する事態が起こる。彦根新吾医師が多量のワクチン製造に取り組む。

『コロナ狂騒録』／海堂　尊

日本のコロナ禍の諸問題をめぐる政治と官僚の関係や日本の医療問題がやり玉にあがる。

●感染症対策として政府や地方自治体が個人の自由を制限する不条理を題材にした小説

『封鎖』／仙川　環

感染症が拡大することを恐れた政府が一つの集落を封鎖したことに対する住民の抵抗を描く。

『首都感染』／高嶋哲夫

世界中に猛威をふるうウイルス拡大を防ぐため日本政府は東京封鎖を宣言した。

『首都圏パンデミック』／大原省吾

長崎の離島で発生した猛毒のウイルスが東京国際空港に向かう旅客機の中で蔓延した。ウイルスが首都に持ち込まれることを防ぐ難題にどう立ち向かうのか。

●根拠のない感染症の噂で拡がった、住民間の底知れぬ不安に呼応した行政の不条理な対応を題材にした小説

『臆病な都市』／砂川文次

公務員のKが、実体のないうわさ話から発展していく行政の不条理を経験していく姿を描く。

●感染の発生した場所、人、時を調べながら感染の経路をつきとめていく疫学の手法で感染を焙り出す対策を描いた小説

『エピデミック』／川端裕人

東京に近い町で発生した致死率の高い感染症に立ち向かう疫学の専門家たちの緊迫の10日間を描く。

●現役の医師や医療従事者が自分の体験をもとに医療の現場を描いた小説

『臨床の砦』／夏川草介

感染症指定病院に勤める敷島寛治は、新型コロナウイルス感染者が次々と運び込まれてくる最前線でその対策に奮闘する。

『機械仕掛けの太陽』／知念実希人

大学の付属病院に勤める医師・椎名、看護師として働く硲《はざま》、開業医の長峰の3人を中心にそれぞれの立場を通して新型コロナウイルスへの闘いに挑む。

●ウイルス感染症の研究者が、新興ウイルスの解明や悪性ウイルス対策に取り組む姿を描く

『パンデミック追跡者（第一巻、第二巻、第三巻）』／外山立人

主人公の大学教授が、鳥インフルエンザを中心とした新興感染症の解明に取り組む姿を描く。

●感染症パンデミックの中で医薬品や医療器材などが不足する状態に陥った場合それらの配分の順序をどうするかの問題を題材にした小説

『サリエルの命題』／楡　周平

流行しているウイルスに対応するワクチン、重症者用ベッド、エクモなどの機器が不足した場合の配分順位をどのように決めるのか。

『トリアージ』／犬養　楓

救命救急医の主人公が重症患者を選別しなければならない現実に直面して苦

悩する。

●コロナ感染者やその家族への差別意識や行き過ぎた同調圧力など心理的な分断が発生し、不安感、閉塞感が満ちた世界を描いた小説

『あなたに安全な人』／木村紅美

中年の男女が東京から田舎町の故郷へ帰ってきた。町にはコロナの感染を異常なまでに恐れる空気があった。二人は住民からのいわれのない差別を経験する。

●国家や過激集団が国益や自己の願望のために強毒性ウイルスを生物兵器として使用する国際的謀略を題材にした小説

『武漢コンフィデンシャル』／手嶋龍一

武漢を皮切りに中国の上海などの各地、ワシントン、ニューヨーク、ロンドン、日本など全世界を舞台に起こる新型コロナウイルスをめぐる国際的謀略の姿を描く。

『感染シンドローム』／初瀬　礼
ウイルスに感染しても症状が出ないという奇病を持つジャーナリストの主人公が、国際謀略戦で活躍する姿を描く。
『デビルズチョイス』／初瀬　礼
主人公の女性特命捜査官が、国際カルト集団や国際手配中の女性テロリストとの戦いで大活躍をする。

●日本国内で強毒性ウイルスや細菌を使ってテロ活動を実行する事件を題材にした小説

『連鎖感染』／北里紗月
千葉県の総合病院で謎のウイルスに感染した患者が次々と運び込まれてきた。その患者たちはバイオテロの犠牲者だという怪文書が届いた。医師たちの謎の病原体との戦いがはじまる。

●作者が想像の世界で創りだしたウイルスや病原体を題材にした小説

『黒い春』／山田宗樹
「日本列島を襲う謎の奇病・黒手病！　相変わらず厚生労働省の無策」と週刊誌が報じた。対策チームが未知の黒手病の追究に乗り出す。

『感染列島パンデミック・イブ』／吉村達也
「エマージング・ウイルス」という致死率１００％前例のないウイルスが登場する。

『赤い砂』／伊岡　瞬
山手線で男性が電車に飛び込み自殺をした。現場検証を担当し刑事と電車の運転手も次々と自殺を遂げる。同僚の刑事が事件の真相に迫る。

『災厄』／周木　律
ある町で住民全員が死亡するという災害が起こった。その原因をめぐって政府の対策本部では、テロ説とウイルス説に分かれて紛糾する。

『時限感染』／岩木一麻

テロの実行犯が自己の願望を実現するために、感染してから12年の歳月が経過してから発症するというウイルスを開発する。

『ＢＡＢＥＬ・バベル』／福田和代

舞台は近未来の日本である。感染したら言語障害を起こし意思疎通ができなくなるというウイルスが蔓延した。

『生存者ゼロ』／安生　正

細菌に感染したシロアリが人を襲うという事件が発生した。自衛隊・廻田三等陸佐と狂暴化したシロアリとの壮烈な戦いがはじまる。

『レッドリスト』／安生　正

狂犬病ウイルスは、発症するとほぼ100％死亡するという恐るべき病原体である。コウモリが狂犬病ウイルスに感染して人間を襲う習性を身に付けた。

●日本の歴史の中で流行した天然痘、コレラ、スペイン風邪による感染症を題材とした小説

『火定』／澤田瞳子

735年から737年にかけて100万人を超える人が死亡するという天然痘の災害が日本を襲った。この大災害に立ち向かい生き抜いていく奈良時代の人々の姿を描く。

『安政くだ狐・首斬り浅右衛門人情控』／千野隆司

安政5年。白い水を吐き3日の内に死に至るという疫病（コロリ）が蔓延し大混乱に陥った江戸が舞台となる。

『破船』／吉村　昭

漂着した船の積み荷を生活の糧にする風習のある漁村に村の存続に関わる災厄が襲う。

『マスク』（短編）／菊池　寛

医者から心臓が弱いことを告げられた主人公は、流行性感冒（スペイン風邪）に恐れを感じマスクの着用に特別の思いを持つ。

『簡単な死去』（短編）／菊池　寛

主人公の勤める新聞社で同僚が、スペイン風邪で死亡した。お通夜に出席する社員がいなかったのでクジで出席者を決めることになった。

『流行感冒』（短編）／志賀直哉

主人公の住む街にも流行性感冒（スペイン風邪）が流行った。感染することを恐れた主人公は、家族に外出することを禁じた。

●宇宙船の中で発見され宇宙飛行士に感染し地球に拡がればパンデミックの恐れのある病原体の存在をめぐって事件が展開していく小説

『売国のテロル』／穂波　了

国際宇宙ステーションの日本モジュール内に存在していた新型炭疽菌による感

染症が世界中で発生した。この炭疽菌の開発に携わった自衛隊をめぐり様々な事件が起こる。

『月の落とし子』／穂波　了

月探査の宇宙船オリオン3号が東京に墜落し未知のウイルスの感染が広まる。

●コロナ禍が、飲食店に与えた影響を題材にした小説

『ただいま、お酒は出せません！』／長月天音

新宿にあるイタリアンレストランで働く女性店員が、コロナ禍の影響を受け経営不振に陥った店を立て直すために奮闘をする。

●警察業務の経験者が大病院の危機管理業務（コロナ対策業務）を担当し活躍する姿を描く小説

『ザ・パンデミック』／濱　嘉之

警視庁出身の主人公は過去の経験を活かし、多くのコロナ感染症患者を受け入れる大病院の経営に取り組む姿を描く。

●ウイルスの存在についての警告小説

『パルウイルス』／高嶋哲夫

シベリアの永久凍土に埋もれていたマンモスの中に恐ろしいウイルスが存在していた。ウイルスはどこに潜んでいるか分からない。人類に対する強烈な警告である。

●3年間にわたるコロナパンデミックの実相を描く小説

『コロナの夜明け』／岡田晴恵

現場の医師、保健所や高齢者施設の職員などコロナと闘ってきた人たちの姿を描くことでパンデミックの実相を小説として描く。

III

「感染小説」、その概要とあらすじ、私的感想

『復活の日』／小松左京／角川文庫（1975年10月発行）

【作品概要】

生物化学兵器として開発された猛毒のウイルスの拡散でほとんどの脊椎動物が死滅する中、南極だけはその災禍を免れる。次いで、からくも生き残った米ソの相互核攻撃プログラムの起動による2度目の人類死滅の危機を防ごうとする南極人たち。防ぎ得なかった核の相互報復から南極は免れ、ウイルスも死滅。その先に訪れるのは人類復活の未来か。

本書は、「プロローグ（7～29頁）」「第一部　災厄の日（31～349頁）」「第二部　復活の日（351～426頁）」「エピローグ（427～437頁）」という構成になっている。

【あらすじ】

「プロローグ」

原子力潜水艦ネーレイド号の艦長のマクラウド大佐が、日本人の吉住を呼んでテレビ受像器に映る陸地を見せた。海上のかなたに人口1200万人の國際都市・大東京の無残な骸があった。東海道線の赤錆びたレールの上に数台の電車がひっくり返っていた。これは一体何を語っているのか。これは人類絶滅の災厄の暗示なのか。

「第一部　災厄の日」

第一章　冬

英国コンウオールの農家に舞台は移る。生物兵器の開発にたずさわるカールス教授が、得体のしれない男たちに小さな瓶に入ったアンプルを見せて彼らと取引をはじめる。それは強烈な毒性を持った生物兵器・MM－88だった。

男たちは旧式の双発小型機にこの奇妙な瓶を積み込みアルプス越えの航路をとり近東の地に向かった。

フランスからアルプスを抜けイタリアに向かう夜行列車の運転手助手が、トリノの手前で、北方の山中に何かが爆発する明るい光を見たので警察に通報した。調査が行われ、木製の飛行機が墜落していたことが分かった。遭難機の傍らに黒焦げの死体が3つ発見された。付近にはガラスの破片が散乱していた。

第二章　春

イタリアの高速道路で有名な若手俳優が自動車事故を起こした。事故の原因は謎であったが、運転者は事故の起こる前に死亡していたことが分かった。同乗していたが助かったコールガールが、なぜか心臓麻痺で急死した。

それ以後、アルプス山中で羊や牛の間に原因不明の死が蔓延したり、アメリカのカンザスシティで七面鳥が大量に死亡したり、チベット風邪が発生したり世界的な規模の災厄が次々と出現する。人類の滅亡を暗示して不気味である。

第三章　初夏

この章では、アメリカやイギリスが、国防の戦略として生物兵器をどのように扱ってきたのか、その現状はどうなっているのかを114頁を割いて描いている（東西間の激しい冷戦時代に書かれたとはいえ、その戦慄するような内容に愕然とさせられる。また、生物兵器に使われる細菌・ウイルスなどに関する著者の莫大な知識と知見の積み重ねに驚かされる）。

その年の6月のはじめ、東京銀座の歩道に一人の男性が倒れていた。その近くに女性の死体があった。その日以来、行倒れ死体が次々と増えていった。ワクチン治療ができず、6月末には、全国で8千万人が死んでいた。

南極の昭和基地で、辰野、吉住両隊員は、世界の各地のアマチュア無線と情報収集のため交信をする。しかし、ウガンダでは人間も野生動物も全滅、リオデジャネイロは死骸の山など惨憺たる現状を知ることになる。各地との交信も全面的に途絶えていく。各国の探検隊が本国との連絡が完全に途絶えたことを受けて、アメリカ探検隊のコンウエイ提督の呼びかけで最高会議が結成された。

第四章　夏

8月の第2週、ヘルシンキ大学スミノフ教授のラジオ放送による最後の講義が流れた。絶えることのない愚かな人類の歴史と文化を語る内容であった。

「第二部　復活の日」

南極の最高会議で住吉隊員が、アラスカで地殻異常が観測され1年以内に、マグニチュード8以上の地震が予想されると報告した。元米国防省のカータ少佐は、アラスカのレーダー基地が地震によって壊滅すれば、自動報復装置でソ連に核ミサイルが発射されると報告した。元ソ連国防省のネフスキー大尉が、ソ連にも同様のシステムがあり何発かは南極に向いていると報告した。ワシントンとモスクワにあるこれらのシステムを破壊するために、吉住、カータ、ネフスキー、マリウス隊員たちが乗船した2隻の原子力潜水艦が出航していった。

「エピローグ　復活の日」

米ソで発射された核ミサイルとワシントンを襲った核ミサイルは、中性子爆弾だった。中性子により人体を侵さない変体を多量に作り出し有効なワクチンが完成した。地球に厄災が襲ってから9年目のこと。南極から手作りの船で17名の人間が南米のホーン岬に上陸した。その年の12月に子供や女性をまじえた300人が上陸してきた。南米の南端に町ができた。人類復活の兆しが見えてきた。

【感想】

2020年に新型コロナウイルスの感染者が発生して以来、現在（2021年4月）、日本は、感染者47万3211人、死者9140人のパンデミックの渦中にある。本書のウイルスの感染につながる描写が、全世界で蔓延している新型コロナウイルスによるパンデミックと全く重なることに驚く。本書が「予言小説」あるいは「警告小説」と呼ばれる所以がよく理解できる。

『H5N1　強毒性新型インフルエンザウイルス日本上陸のシナリオ』／

岡田晴恵／幻冬舎（2009年6月発行）

【作品概要】

感染症研究所の研究員で感染症の専門家である岡田氏が強毒性インフルエンザウイルスが日本で蔓延した事態を想定して描いた小説。

【あらすじ】

プロローグ

1997年12月15日、国立感染症研究所の太田信之ウイルス長が、WHOの事務局長マーガレット・チャンから「強毒の鳥インフルエンザが26名のヒトに感染し6名が死亡した」との国際電話を受けた。

序章　火種

１９９７年５月、香港で３歳の男の子が死亡し検査の結果、Ｈ５Ｎ１型鳥インフルエンザウイルスに感染していたことが判明した。

第１章　苦悩

大阪府内にある市立病院の副院長・沢田弘は、感染症内科の専門医である。その病院は感染症指定医療機関に指定されている。現在、世界では、特に東南アジアではＨ５Ｎ１型鳥ウイルスのヒトへの感染が続いている。沢田は、このウイルスが日本で蔓延した場合どう対応するのか不安感と危機感がよぎる中、卒業した大学医学部の同窓生との連携を模索しはじめる。

第２章　焦燥

福岡空港の検疫官・溝腰健治は、Ｈ５Ｎ１ウイルス同定のためのＰＣＲ講習会を受けてから、新型ウイルスの脅威を身にしみて感じるようになった。新型ウイルスの情報を積極的に集める中で、日本は外国に較べてその情報の少ないことに気づく。インフルエンザ感染者は、発症1日前からウイルスを排出するので空港での水際対策でウイルスの侵入を防ぐことは困難であることを知る。

第3章　憂鬱

北海道H市の保健所長・酒井俊一は、「鳥インフルエンザ直近情報」という個人サイトに、海外の報道を翻訳し、掲載してインフルエンザ対策の啓蒙を行っている。大阪市S区の保健所長・伊藤由起子は、医学部の同窓生の新型ウイルス対策に立ち向かっている姿を見て、伊藤自身も強く触発されていった。東京都品川区の保健所長・向田ヒロミは、新型インフルエンザウイルス対策は行政を巻き込む必要があることを強調し、品川区でタミフルの備蓄を実現した。

第4章　発生

２００７年10月、東南アジアのゲイマン共和国で新型インフルエンザが発生する。10月30日、ＷＨＯはパンデミック警戒レベル・フェイズを4に引き上げた。日本ではフェイズ４の宣言を受け、備蓄ワクチンの接種が検討されはじめた。

第5章　上陸

雑貨の輸入商の柳　正一は、ゲイマン共和国から雑貨を輸入している。11月3日、ゲイマン共和国から福岡空港に到着した直行便から降り立った柳は、なんら健康状態に変調もなく自宅に帰り着いた。ところが4日の午後自宅で倒れ込み、5日に感染症指定病院に入院でH5N1ウイルスに感染していることが判明した。厚生労働省から「フェイズ4B国内発生」の宣言が行われた。

第6章　拡大

大手の総合商社に勤務する木内純一は、海老の買い付けのためゲイマン共和国をしばしば訪れていた。今回の出張は、ゲイマン共和国で新型インフルエンザが発生し、成田までの直行便が取れず、香港経由成田行きの便に乗ることができた。成田での検疫では問題なく通過した。帰国の翌日、会社の会議で高熱で倒れ、指定病院でH5N1型の感染が確認された。医師たちの治療もむなしく木内は死亡した。

第7章　連鎖

11月12日、厚生労働省は、福岡での最初の新型インフルエンザウイルス発生以来、首都圏内全域への拡大の現状を踏まえフェイズ5Bを宣言した。大阪府では、発熱のため医療機関を受診する患者が一気に拡大していた。各地で発熱センターが設置され患者の診察に当たったが、どこのセンターも患者をさばききれない状態が続いた。

第8章　混迷

大阪府の各保健所には、指定病院など地域の病院からタミフルや治療機材の要請の電話が殺到する。各病院で院内感染が蔓延し、多くの医師や看護師が罹患し医療レベルが低下していった。

第9章　破綻

ウイルスの感染拡大を防ぐために、不特定多数の集まる場所や集会の自粛など社会的な抑制がはじめられたが、交通機関などのインフラに大きな影響をもたらすことになった。WHOによるフェイズ6Bの宣言を受けて、厚生労働省は、11月18日、フェイズ6Bの宣言を行った。

第10章　崩壊

11月30日、大阪市にある市立病院では、沢田副院長はじめ医療従事者が次々と倒れていった。多くの病院も同じような状態が続いた。最も恐れた日本の医療崩壊がはじまったのである。

【感想】

岡田氏が描いたH5N1型インフルエンザウイルス日本上陸のシミュレーションの内容は、新型コロナウイルスの厄災に苦しんでいる日本の現状に酷似していることに驚く。同時に、学ぶことの多いことに気づく。インフルエンザウイルスの脅威に対する日本人の危機感の希薄さや国、自治体の対策の遅れなどの指摘も鋭い。貴重な警告小説である。

『隠されたパンデミック』／岡田晴恵／幻冬舎文庫（2009年9月発行）

【作品概要】

小説『H5N1　強毒性新型インフルエンザウイルス日本上陸のシナリオ』を世に出して新型インフルエンザウイルスの恐怖を警告した岡田氏が、行政の対策のまずさやワクチンの製造、備蓄などの諸問題を取りあげた小説。

【あらすじ】

国立伝染疾患研究所ウイルス部長の太田信之と部下の研究員・永谷綾が、「このまま対策が遅れてH5N1のプレパンデミックワクチンが間に合わない状態で新型インフルエンザがやってきたら致命的な手遅れになる」と国の新型インフルエンザウイルス対策の遅れについて嘆いていた。ここで想定されている新型インフルエンザとは、H5N1から生まれる強毒型のウイルスから発生する。厚生労働省はこの新型インフルエンザ対策を積極的に国民に示してこなかった。米国や先進諸国では、その対策が危機管理として位置付づけられていた。厚生労働省は弱毒性ウイルスによるインフルエンザは想定していたが、強毒性ウイルスの危機に対する国民への啓蒙や情報提供は遅れていた。

国立伝染疾患研究所にインフルエンザウイルス・センターが設置され太田がセンター長に就任した。また、太田はＷＨＯの専門家会議の座長として、各国の新型インフルエンザウイルス対策の現状の把握や情報交換に精力的に取り組んでいた。

一方、永谷綾は、国会議員・川北次郎の助言を受け経済界に活躍の場を持つことになった。数々の提案を掲げ、自治体、学校、企業など講演活動を広げていった。著者が、経団連常任委員会で実際に行った講演の原稿が本書の３５９頁から３７４頁にかけて掲載されている（一読の価値がある見事な講演である）。

【感想】

感染疫学やウイルス学の研究者である著者の優れた知見を通して書かれた本書は、小説という形をとっていることもあって読み易い。ウイルス感染症の概要がよく理解できる。ストーリーの構成や登場人物の描写、小説としてのエンターテイメント性など面白さに欠けるところもあるが、扱うテーマからして無理もないところか。

『首都感染』／高嶋哲夫／講談社文庫（2010年11月発行）

【作品概要】

中国でサッカーワールドカップが開催されている年に、致死率60％の強毒性インフルエンザが発生した。首都圏内にもこのウイルスによる感染で東京都内の封鎖がはじまった。

【あらすじ】

第一章　対策

東京都四谷にある黒木総合病院に内科医として勤務する瀬戸崎優司は、ＷＨＯのメディカル・オフィサーとして勤めたことのある感染症の専門家であった。黒木院長は優司が立案したインフルエンザ対策のレポートを読んで優司を対策チームのリーダーに依頼した。優司はＷＨＯに勤務する元妻の里美から「中国の雲南省で強毒性のインフルエンザが発生した可能性が高い」との報告を受けた。一方、日本政府も中国の国境付近でＨ５Ｎ１新型ウイルスの感染が発生している事実を掴んでいるとの情報を得た。実は、現総理大臣・瀬戸崎雄一郎は、優司の父であった。優司は政府のインフルエンザ対策本部に参加するよう父の総理から依頼されていた。

時はあたかも中国ではワールドカップが開催されており、中国と日本がベスト4を決める準々決勝が行われ日本が敗れた。数日後、北京にいる日本人の帰国ラッシュがはじまる。日本政府は、感染拡大という深刻な事態に対応するため国際空港での中国航空機の受け入れ拒否に対する対策を検討しはじめた。

第二章　感染

中国ではワールドカップが中止され、中国政府より国内での新型インフルエンザウイルス感染発生の発表があった。ＷＨＯカオ事務局長から「世界のインフルエンザ感染者が２５００万人、死者５００万人に達している」との発表があり新型ウイルスの致死率の高さに世界が驚愕した。日本では、羽田、成田、福岡、関西、中部の国際空港到着の中国旅行者から多くの感染者が発生したとの報告が続いた。瀬戸崎総理から全国民に「すべての国際線を停止する。全国の小学校、中学校、高等学校を閉鎖する」との呼びかけがあった。

しかし、羽田空港での封じ込めが破綻し感染が都内に広がりさらに全国に拡大していくのは時間の問題になってきた。優司は瀬戸崎総理に首都封鎖を進言した。東京に残っている衆・参議員による臨時国会で首都封鎖案が可決された。

第三章　封鎖

「世界はＨ５Ｎ１新型インフルエンザで未曾有の危機に直面している。スペイン風邪を越える死者が出ており日本も徐々に感染が拡がりつつある。東京都心を封鎖せざるを得ない」とのテレビ、ラジオを通じて瀬戸崎総理から首都圏封鎖について重大発表があった。官房長官からは、封鎖エリアの範囲と機動隊・自衛隊による封鎖の具体的な方策が説明された。

都心にある黒木総合病院では、４００人を超す感染者が入院し、１７８人が重症患者であった。封鎖エリア内の病院では感染者が殺到し、医療崩壊が起こりつつあった。都内での経済活動は、一部のスーパーやコンビニを除いてほとんどストップしている。都民の間で封鎖に対する不満が渦を巻いている中、瀬戸崎総理のさらなる協力の呼びかけが行われた。

第四章　拡大

ＷＨＯに勤める里美から優司に「スイスの研究施設で新しいワクチンの開発に成功し製造方法が世界に届き次第製造ラインが動き出す」との電話があった。東都大学の黒木准教授が、現在、製造を開始している新型ワクチンより治験データがよく、副作用も少ないパンデミックワクチンが開発された。ＷＨＯの緊急会議が開催され各国でこのワクチンを製造する動きが高まった。

エピローグ

新しく開発されたパンデミックワクチンの接種が予定より早くはじまった。最初に、医療従事者に、ライフラインを維持する人々にと次々に接種されていった。致死率が劇的に下がりはじめた。ＷＨＯのカオ事務局長が、今回のパンデミックの終息を宣言した。

【感想】

瀬戸崎優司医師をはじめ優秀なスタッフの活躍と国民を守るという強い信念をもって国民に協力を求める瀬戸崎総理大臣の存在に強く心を打たれた。世界が待ち受ける新型ワクチンが、短時間で世界に行き渡りパンデミックがめでたく終息する展開は、少し都合が良すぎる気がした。

『ナニワ・モンスター』／海堂　尊／新潮文庫（2014年4月発行）

【作品概要】

関西の最大都市・浪速で新型インフルエンザウイルスによる感染が発生する。次第に感染が蔓延しパンデミックに状態になる。関西を中心に学校の休校、企業の休業、各種のイベントの中止措置が次々と採られていく。司法、行政、医療などの問題に繋がる「東京対関西」という対立軸が浮かび上がってくる本書は、「第一部　キャメル」「第二部　カマイタチ」「第三部　ドラゴン」の三部で構成されている。

【あらすじ】

第一部　キャメル

開業医・菊間徳衛が所属する浪速市医師会では、新型インフルエンザ・キャメルをテーマに講演会を開催した。講師に招いた浪速大学の木田苗子講師は、「キャメルは新型ウイルスであるから国民は免疫を持っていないので、国内に入ってきたら爆発的に拡大する」とキャメルの脅威を強調した。メディアもキャメルを大々的に取り扱った。菊間医師は、キャメルの致死率が0・002%と低いことから木田講師の公演に違和感をもった。時はゴールデンウイークなのに団体旅行や修学旅行などのキャンセルが続き、浪速市の観光産業は大きな打撃を受けた。消費活動は低迷し浪速市の経済は破綻した。ところがよりによって、菊間医師の足元で初のキャメル感染者が発生する。

第二部　カマイタチ

東京地検特捜部に昇格されると巷で目されていた鎌形雅史検事が、浪速地検特捜部の副部長に任命されたという異例の人事が行われた。鎌形は厚生労働省の補助金不正疑惑で強制捜査に入った。半年後に、東京地検を中心とする中央官僚たちからの手痛い反撃にあうことになる。インフルエンザ・キャメル騒動による浪速市の経済崩壊は東京地検の陰謀であったことが判明する。

（人の命にかかわるインフルエンザ・パンデミックを「東京対関西」との間の政争の具に使うという発想は、小説としては面白いが現実の問題となると恐ろしくなってくる）。

第三部　ドラゴン

本書でよく顔を出す彦根新吾医師が、「第三部　ドラゴン」では中心的な役割を演じている。彦根は浪速府の知事・村雨弘毅を九州の舎人町に案内する。真中裕子舎人町長の説明では、この町では人間ドックに近い特別個人検診を住民全員に実施するというシステムが導入されており解剖率が１００％にも達している。先進的な地方医療を展開している。

彦根医師、村雨知事、真中裕子舎人町長の３人は東北の万台市を訪れ、道州制を唱えている青葉県の知事・新村隆生と北海道極北市の益村市長に面会する。実は、彦根医師の意図していた会合のメンバーが揃ったのである。この会合では、道州制、日本を３つの独立国に割る日本３分の計などの日本大改革案が熱心に語られた。彦根医師が構想する「医療共和国」も話題になった。

【感想】

本書では日本の医療界が抱える様々な問題がそれを取り巻く政治、司法などの関連の中で取り上げられている。今後、現実の世界でどのように展開していくのか。興味は尽きない。

『スカラムーシュ・ムーン』／海堂　尊／新潮文庫（2018年3月発行）

【作品概要】

本書は前作の『ナニワ・モンスター』続編ともいえる作品である。本書を読む前に一読をお勧めしたい。ちなみに、本書の題名にある「スカラムーシュ」とはイタリアの即興喜劇の道化役・ほら吹きの臆病者の役名である。大ぼらを吹く主人公・彦根新吾を暗示している。

【あらすじ】

第一部　ナナミエッグのヒロイン

新型インフルエンザ「キャメル」ウイルスに痛みつけられた浪速市に今度はワクチン不足の危機が迫る。浪速大学のワクチンセンターで多量のワクチン製造をもくろむ彦根が、有精卵の納入先を求めて加賀市のナナミ養鶏所を訪れる。養鶏所の娘まどかは、紆余曲折の末所属する大学院の仲間と1日10万個の有精卵の製造、納品を受け入れる。

第2部　三都物語　浪速・桜宮・極北

スカラムーシュの異名を持つ彦根が、浪速共和国を実現させる軍資金獲得の問題を、村雨浪速府知事に持ち出す。彦根先生のとてつもない資金調達の方法が語られる。ウエスギ・モーターズ会長の手術代の回収、モナコに隠された天城医師の残したアマギ資金の調達である。

一方、東京地検特捜部の福本本部長から、「無声狂犬」の異名を持つ捜査資料室長・斑鳩に、浪速地検の鎌形副本部長潰しの命が下りる。警察機構との絡みも加わり、彦根陣営と霞が関との間の陰謀をめぐる戦いが繰り広げられていく。

第3部 スカラムーシュ・ギャップ

彦根が資金調達のためにモンテカルロからジュネーブ、ベネチアまでヨーロッパを、まさしく八面六臂の勢いで飛び回る様子を詳細に描いている。

第4部 卵が見た夢

最初の有精卵の納入期日まで1カ月に迫ったある日、ナナミエッグの運送を引き受けているふくろう運輸から、今回の有精卵の運送は出来ないとの知らせがあった。卓也はこの有精卵の運送に特化した会社「真砂エクスプレス」を立ち上げ、ベテランドライバー・柴田と共にこの困難な運送を引き受けることになった。様々な問題を克服して有精卵の配送が軌道に乗り出した。

第5部　スクランブル・エッグ

斑鳩室長と組んでいる警察庁の雨竜こと原田は、斑鳩室長と組んで鎌形を冤罪で逮捕して村雨陣営を攻撃する。また、浪速大学ワクチンセンターの樋口の妹から、ナナミエッグの有精卵のことを知り妨害する。

11月に入りインフルエンザが流行する時期になって、メディアがワクチン不足を報じた。浪速府が独自にワクチン備蓄に成功したことで村雨の評価は上がり、新党「日本独立党」の結成に持ち込む。ところが、新党のお披露目パーティの席で雨竜が、彦根が用意した資金はすべて架空のものであることを暴露した。どんでん返しが起こり村雨の目論見は絶望的になる。

はたして、最後の勝利者は誰か。物語はさらに続いていく。

『コロナ黙示録』／海堂 尊／宝島社（2020年7月発行）

【作品概要】

本書は、2020年7月24日に発行されている。現在進行中のコロナ禍を題材にしたはしりの作品と言えるかもしれない。本書が発行されて以来、コロナを扱う作品がミステリー小説を中心に次々に発行されている。

【あらすじ】

2020年2月1日、新型コロナウイルスの感染症者が、中国で7700人、韓国で4人、日本で10名発生した。その時点から、クルーズ船の乗船者への対応、オリンピックの開催、北海道のクラスター、無為無策の政府などの問題をめぐるストーリーが時系列に進んでいく。

【感想】

内容が現在の新型コロナウイルス感染に苦しむ日本の実態に酷似している。小説ではなくドキュメンタリーではないかと錯覚をおぼえるような作品である。


『エピデミック』／川端裕人／集英社文庫（2020年7月発行）

【作品概要】

東京に近い町で発生した致死率の高い感染症に立ち向かう人たちの緊迫の10日間を描く。〈エピデミック……一地方においてある疾病の罹患者が大量に発生すること〉

【あらすじ】

物語は関東南部の半島にあるT市の浜崎という集落で、感染すると重症化するインフルエンザ患者が多数発生する。主人公の疫学の専門家・島袋ケイトが現地入りし、総合病院の高柳医師や保健所の小堺所員たちと共に調査を開始する。ケイトたちは、複数の可能性を追いながら感染源を突き止めていく疫学の手法を駆使して調査を続けた。浜崎地区では猫が多数住み着いているが、その猫が感染源であることが判明する。

【感想】

ケイトたちのチームが、10日ほどで謎の多いインフルエンザウイルスの感染源を突き止めたのは、あまりなじみのない疫学に基づく調査を行った結果であった。本書は、小説という形をとり様々な事象を通じて疫学的手法とはどのようなものであるかを教えてくれる貴重な一冊である。

『サリエルの命題』／楡　周平／講談社（2019年6月発行）

【作品概要】

日本海のある孤島で新型インフルエンザウイルスによる感染症が発生する。サリエルと名付けられたウイルスは、人為的に作られたことが判明する。対応するワクチンの開発は極めて困難をきわめ、その接種順位も大きな問題となる。〈サリエル……「神の命令」という名の大天使であり死を司る。医療に通じ、癒す者とされる一方で、一瞥で相手を死に至らしめる強大な魔力「邪視」の力を持つ堕天使〉

【あらすじ】

アメリカ　アトランタ市にあるCDC（アメリカ疾病予防管理センター）でインフルエンザウイルスの研究をしていた笠井久秀が5年目にして研究を中止して帰国せよとの命が出る。インフルエンザウイルスがバイオ兵器の開発の恐れがあるというのが理由であった。その背後にはウイルス学の権威・八重樫栄蔵教授の存在があった。

東京大学の医学部でウイルスの遺伝子構造の研究をしていた野原誠司は、八重樫教授から地方の国立大学への異動を命ぜられる。野原はウイルス関連のサイトで偶然、サリエルの存在を知ることになる。

笠井はアメリカのCDCを去る際に同僚であったカシスからサリエルの情報が流失したことを知らされる。サリエルとは、他のウイルスを容易に変質させることができるためバイオ兵器など悪意に利用される可能性があるウイルスであった。

バイオ関連のベンチャー企業を立ち上げる機会を探っていた野原は、レイノルズ教授に会うためにアメリカ　ロチェスター市を訪問していた。そこで教授があの恐ろしいサリエルの製造に成功していたことを知った。

八重樫教授は、両親の命日の墓参のため生家のある黒川島を毎年訪れていた。

墓参を済ませた翌朝「新型インフルエンザか　島民全員死亡」のニュースが朝刊に載った。実は、レイノルズに通じた野原が、封筒に閉じ込めて八重樫に送り付けたサリエルウイルスが黒川島に拡散したことが判明した。宮城県の鈴森町で肺炎と脳症の併発というインフルエンザ感染者が発生した。変異したウイルスの感染の疑いがもたれた。

日本のある製薬会社がトレドールという変異したサリエルウイルス治療薬の開発に成功した。鈴森町の病院でトレドールの投薬がはじまった。備蓄は35万人分しかなくしかも製造できる会社は1社しかないという。パンデミックに拡大した場合その対応はどうなるのか。厚生労働省では新型インフルエンザが発生した場合には「パンデミックワクチン接種の考え方」というガイドを作っている。このガイドでは高齢者は最後になっていることに大きな批判が巻き起こった。接種の順序をどうするかでマスコミをも巻き込み大問題となった。

【感想】

本書では感染症患者へのワクチンが不足した場合、接種の優先順位を決めるという人命尊重にかかわる大問題を、サリエルウイルス感染という事件に関連させて取り上げている。現在のコロナ禍の中で人類が直面しているワクチン問題と重なり興味深いテーマである。先の見えない日本の医療制度や健康保険制度にも鋭いメスが入っている。数々の社会小説を世に送り出してきた楡　周平氏の面目躍如の作品と言える。

『夏の災厄』／篠田節子／角川文庫（2015年2月発行）

（1998年6月に文春文庫より刊行された作品を加筆修正した）

【作品概要】

埼玉県のある小都市で、日本脳炎に似た未知のウイルスによる感染症が発生した。行政機関、開業医、保健センターの職員、保健婦のそれぞれの役割をどうするか、住民の感染者に対するいわれのない差別と偏見にどのように対処すべきかなどの問題が次々に起きた。このような問題に住民はどのように取り組み解決していったのか。その過程を多角的に描いた作品である。

【あらすじ】

埼玉県昭川市（架空）で、痙攣、頭痛、吐き気などの症例が現れる日本脳炎に似た疫病が多発した。保健センター職員の小西、夜間救急診療所の堂島看護師、旭診療所の鵜川医師たちが感染防止や原因究明に乗り出す。

特に、窪山、若菜台地区に患者が集中する事態に市民の間に不安が広がり住民間の対立、ワクチンの接種、感染を媒介すると疑われる蚊の駆除など様々な問題が次々と起こる。

小西職員は、ゴミ捨て場に繁殖するオカモノアライガイが新型日本脳炎ウイルスの発生源ではないかと疑っていた。小西は同窓の生物学者・三浦にオカモノアライガイがウイルスの宿主になる可能性があることを聞きこれが発生源であることを確信した。

鵜川医師はインドネシアのスパンティ社が開発したワクチンが新型脳炎に効果があることを知り、厚生省に使用の承認を求めて奔走する。

【感想】

小西職員、堂島看護師、鵜川医師たちの主な登場人物の活躍が、600頁にも及ぶ小説の中で生き生きと描かれている。物語もよどみなくスムーズに展開していく。人間とウイルスとの戦いには終わりがないといわれるが、本書では新しいウイルスに遭遇した時人間はいかに無力であるかをまざまざと見せつけられる。しかし、強力な天敵にしぶとく立ち向かっていく人間の前向きな姿にも感動を覚える。日本医療小説大賞を受賞作品に値する興味深い小説である。

『破船』／吉村　昭／新潮文庫（1985年3月発行）

（1978年筑摩書房から単行本として発行され、1985年新潮社から文庫化された）

【作品概要】

主人公伊作の住んでいる貧しい村では、座礁した船の積み荷を奪い生活に充てるという風習があった。ある年、赤い着物を着た死体を積んだ船が村に漂着したことから、伊作たち島民にとってとんでもない悲劇が降りかかる。

【あらすじ】

主人公・伊作の住んでいる貧しい村では海の荒れた夜、夜通し塩焼きが行われる。その明かりに引き寄せられて岩礁に乗り上げ難破した船から積み荷を奪うという風習があった。村人たちに幸福をもたらす恵みの船であった。しかし、死をもたらす災厄の船でもあった。

ある年、赤い着物を着た死体を積んだ船が村に漂着した。恐ろしい疫病を患い船で放逐された人たちであった。この赤い着物から感染がはじまり村は厄災に見舞われる。

【感想】

記録文学の巨匠・吉村　昭が、江戸時代の寒村の人々の生き様をリアルに描いた名作である。現在の終息の見えないコロナ禍の中でウイルスによる感染症に人間としてどう生きるべきかを考えさせられる小説である。

『災厄』／周木　律／角川書店（2014年5月発行）

【作品概要】

四国のある町で住民全員が死亡するというとてつもない事件が起こった。この事件は隣接する集落に次々と拡大していった。厚生労働省の斯波参事官はウイルスが原因と主張するが、政府首脳を中心とするテロ事件説に押し切られてしまう。

真実を求めて斯波参事官の苦闘が展開される。

【あらすじ】

高知県の山間部にある杉沢村で事件がはじまる。この集落に住んでいた3世帯5人の住民と飼っていた犬、猫、家禽のすべてが死んでいた。当初、これは毒きのこによる集団中毒として処理されていた。しかし、翌日、別の集落で7人、次の日も二つの集落で11人が死亡した。隣接する南土佐村や北尾町でも被害が出始めた。死者の数が3桁に達し国会でも取り上げられるようになり、政府は何らかの対策を講ずる必要に迫られた。金平官房長官、楡副官房長官、家持厚生労働大臣の政府要人と厚生労働省から田崎局長と斯波参事官を交えて緊急会議が開かれた。伊野塚警察庁長官が「政府に対する化学兵器などを使用したテロ事件」と断定した。一方、斯波参事官は「新型のウイルスか細菌の感染症である」と主張した。

死亡者が7000人近くにのぼり、高知県の半数の地域に被害が出ている中でも政府はテロ事件説を変えなかった。感染症であることを証明するためには病原体を手に入れる必要を感じた斯波参事官は四国に飛んだ。四国は南土佐村を除きほぼ全域が危険区域になっていた。

斯波参事官は危険を冒して病院の遺体から症状を記録したカルテと検体を持ち帰り調査した結果、サリンが被害を起こした原因物質であることが特定された。感染症の証明に失敗した斯波参事官は、埼玉県にある関東厚生局に左遷された。広島の検疫事務所に勤務する同窓の宮野から驚くべきサリンの生成とその伝播の過程を告げられる。

宮野と斯波の二人は、事件の究明に向けて立ち向かっていく。

【感想】

政府のテロ事件説と斯波参事官の感染症説に絡んで様々な出来事が展開されて

いくが、事件の真相がなかなか明らかにされない。しかし、最後に衝撃のラストが待ち受けていた。感染症を題材としたミステリー医療小説として楽しめた。

『臆病な都市』／砂川文次／講談社（2020年7月発行）

【作品概要】

首都庁の職員Kは、いくつかの都市でケリという鳥が媒体となる感染症のうわさが広がっているとの報告を受ける。対策の一環として感染の有無を証明するワッペン運動を推進する案が決定された。

【あらすじ】

主人公のKは、首都庁の市町村課に所属する職員である。たまたま首都圏のいくつかの自治体である種の鳥の不審死が次々と起こっているとの報告を受ける。未確認の感染症の疑いがもたれているがその正体は明らかにならず、感染症が存在しているという噂だけが独り歩きしていた。感染症の重篤化を恐れる報道がなされるなど騒動は加熱していった。

新型感染症対策検討委員会で、感染症の対策として健康診断のような何らかの検査を実施し検査を受けた人たちはワッペンをつける案が決定した。鳥による人体への感染などありえないと信じているKは、内心ワッペンの効果など期待していなかった。しかし、Kは行政組織の不条理な倫理に悩みながらもこの対策を推し進めていった。

【感想】

作者は、「この組織において規定される優秀な職員とは、ある理論、学説に通暁しているとか、仮説を立てて特定の問題に対して科学的な手法で解決の糸口を探る能力に優れているということではなく、自身の所属する組織と、相対する複数の組織とのパワーバランスを的確に把握し、波風を立てず、また前例から外れることなく、それでいて自己の組織が持つ機能を拡張させることのできる職員のことだ」と主人公に語らせている。主人公Kはこの倫理にはじめから終わりまで忠実に従っている。実のないワッペン着用の感染症対策が次第に人権を奪う規範になっていく危険に陥ることになるのだが、現在のコロナ禍の世界にも同じような危険性を抱えている。恐ろしいことだ。

『火定』／澤田瞳子／PHP文芸文庫（2020年発行）

（2017年 PHP研究所から単行本として発行、2020年文庫化される）

【作品概要】

奈良時代に起こった天然痘の大災禍状況を鮮明に描いた作品である。京内の病人の収容・治療を行う施薬院で働く下級官僚の蜂田名代《なしろ》が地獄のような状況に直面し、人間としてどう生きるべきか苦悩する。天平2年の奈良を舞台にした歴史小説であるが、この時代の人々の行動パターンが、現代のコロナ禍で生きる私たちのそれと類似していることが分かる。

㊟タイトル「火定」について

何百という天然痘患者が全身を水疱に覆い尽くされて高熱で死んでいく中で　主人公・名代が思いを語るくだりが、本書284頁にある。「世の僧侶たちは御仏の世に近かんとして燃え盛る炎に身を投じるという……自分たちもこの世の業火によって生きながら火定入滅《かじょうにゅうめつ》を遂げようとしているのではないか」。この火定がタイトルになっている。

【あらすじ】

奈良時代の735年から737年にかけて奈良の都に天然痘が大流行し、人口8万人の3割近くが死亡するという歴史的な大事件を題材とした小説である。

下級役人の蜂田名代は、庶民の医療を行う施薬院の運営にたずさわっていた。施薬院の先の見えない仕事で上司にこき使われ嫌気がさしていた。

ある日、この施薬院に一人の病人がはこばれてきた。その顔一面にえんどう豆ほどの疱疹ができ膿を含んで腫れあがっていた。裳瘡《もかさ》(天然痘)の前兆であった。施薬院を支える唯一の医者であり、疱瘡の治療法が記されている新羅の書物を発見した綱手医師、施薬院の庶務を一手に担う有能な相談役の広道、施薬院の財務一切を預かる慧相尼《けいそうに》、人出不足の施薬院の応援に派遣されてきた医生あがりの助っ人・真公《まきみ》、20人ほどの孤児の世話をする僧侶の隆英、元侍医であり冤罪で刑を受けるが恩赦で釈放された諸男《もろお》、天然痘の蔓延する中で「常世《とこよの》常虫《とこむし》」という神をでっちあげ疫病退散にききめあらたかな禁厭札《まじないふだ》を売り出し人心を惑わす詐欺師の宇須などの人々が登場し、恐ろしい疫病裳瘡をめぐって壮絶な人間模様が展開されていく。

【感想】

天然痘は１９８０年ＷＨＯの根絶宣言によりその恐怖は完全に過去のものとなった。本書を読み終えて、天然痘の猛威に人間がいかに翻弄されてきたかその歴史がよく理解できた。

　感染症によるパンデミックの極限状態にさらされた時人間は、闇の世界を惨酷なまで白日の下にさらけ出す。と同時に、人間として根源的な生き方が顕在化してくる。施薬院を抜け出したいと考えていた名代が、惨酷な現実を体験する中で成長をしていく姿に感動を覚えた。本書の最後の頁（430頁）に記されている言葉がその成長の証を見事に伝えている。

『安政くだ狐・首斬り浅右衛門人情控』／千野隆司／

祥伝社文庫（2001年1月発行）

【作品概要】

時代は安政。櫛職人の吾助は、お房との祝言を控えお房のために黄楊《つげ》の櫛を仕上げた。お針子のお房は吾助のために袷《あわせ》の着物を縫った。しかし、安政の地震が江戸を襲い二人は別れ別れになってしまった。2年後に江戸に蔓延した疫病の災厄の中をなんとか生き抜いたふたりは再開を果たす。

【あらすじ】

吾助は本郷春木町の櫛職の辰五郎親方のもとで働く見習い職人である。職人頭の松吉の娘、お房と祝言を挙げることになっていた。吾助がお房のために黄楊の櫛を作っていることを聞いて、お房も吾助のために袷の着物を縫おうと考えた。

安政2年10月2日の夜のことである。吾助が布団に横になった時、どんと揺れが来た。安政の地震の到来である。親方の家は壊滅し親方は柱の下敷きになった。吾助はお房を必死になって探したがその行方は不明であった。

安政の大地震が江戸を襲ってから3年、江戸の町は復興に向けて活気づいていた。その様な中、罹ると白い水を吐き、身体が干からびて腹にしこりが出来て二、三日のうちに死にいたるという疫病が長崎から東に向かっていた。疫病は瞬く間に江戸に広がった。江戸の薬屋では、疫病に効くという名目の薬が飛ぶように売れた。伊勢神宮のみもすそ川（五十鈴川）を詠んだお札や疫病の神が避けるという言い伝えのある「釣り船清次宿」のお札を貼る家が増えてきた。大黒屋に逗留している玄海、玄峰、玄達と名乗る3人の祈祷師が、三峯神社の御神犬の厄除け護符を掲げ祈祷していた。霊験あらたかというわさで人気を呼んでいた。

小塚原火葬場の近くの総泉寺に運ばれた棺桶の中から一人の町人の死体が出てきた。山田浅右衛門たちの探索がはじまる。

【感想】

人気時代小説作家の捕物帳の1作品であるが、安政5年、江戸に蔓延したコレラ禍を当時の人々がどのように生き抜いたのかを生き生きと描写していて興味深い。不条理の中で陥る人間の弱さの描写は、コロナ禍に苦しむ私たちの姿に重なってくる。

『黒い春』／山田宗樹／幻冬舎文庫（2005年10月発行）

【作品概要】

覚醒剤中毒と判断された少女の死体から、黒い巨大な胞子が発見された。そして黒い粉を吐いて死に至る未知の黒手病が全国に広がった。監察医、都立衛生研究所員、国立感染症センター職員たちの謎に満ちた黒手病との戦いがはじまる。

【あらすじ】

監察医務院に覚醒剤の中毒死とみられる少女の遺体が搬送されてきた。行政解剖の結果、肺の変位部に黒い粒子が詰まっているのを、監察医の飯守俊樹が見つけた。その粒子の正体はカビの胞子であった。

東京都立衛生研究所の岩倉和正研究員の元に黒い胞子のサンプルが送られてきた。新種の真菌症の疑いがあるので同定してほしいとの依頼であった。

知道院大学に通う服部順一が講義を受けている時、急に咳き込み口から黒い物が飛び出してきた。病院に運ばれたが意識が戻らず死亡した。解剖の結果、口からの黒い物体は、黒色胞子であった。岩倉は類似の症例を調べるために全国の自治体の衛生研究所に問い合わせのメールを送った。滋賀県衛生研から二件の類似症例の報告があった。一例目は、大津市の45歳の女性が黒粉を吐いて昏倒、病院に運ばれる前に死亡したという報告であった。2例目は、近江八幡市の38歳の会社員が同様の症状で死亡したという報告があった。また、東京都も一例があった。

「日本列島を襲う謎の奇病・黒手病！　相変わらず厚生労働省の無策」の記事が週刊誌に公開された。記事の最後は「驚くべきことに、厚生労働省には、黒手病に対して何の手も打つ気配はない」という文で終わっていた。

飯守俊樹、岩倉和正、三和島篤郎の専門家で構成される黒手病対策チームが発足した。三和島研究員が、滋賀県に住む郷土史研究家・長内惣一郎や植物学を専攻している学生楠木涼子との交流を通じて得た情報を基に次のような驚くべき仮説を発表した。「琵琶湖の沖島の宝来神社には、１４００年の昔黒手病に感染した死者が石棺に埋葬されている。その石棺の蓋が開けられ黒手病の病原菌が現れた。その病原菌は、タデ科の一種であるオニイタデに寄生するさび病菌と同一のものであり、ヒトを宿主にしている。黒手病の拡大を阻むには、オニイタデを駆逐することである」。

【感想】

感染症の病原体は、鳥類、豚、ヒトなどの生物が宿主となることが定説である。ところが植物が媒体となるという黒手病の発想は、作者の山田宗樹氏が筑波大学大学院農学研究科で学び製薬会社勤務の経験者であることを知って納得した。１４００年前の飛鳥時代に発生した黒手病の病原体が、現代に出現するという奇想天外の発想は、人類と感染症との戦いというお堅い物語に何かロマンの香りを感じて面白かった。

『時限感染』／岩木一麻／宝島社文庫（2019年9月発行）

【作品概要】

東都大学でウイルス学を専攻する南真千子教授が首なしの死体で発見される。このバラバラ殺人事件がとんでもないバイオテロに繋がる大事件へと展開していく。

【あらすじ】

白川みどりの姉・南真千子は、東都大学医学部でヘルペスウイルスの研究をする教授である。7月6日のこと、みどりは台東区中谷にある姉の家で頭部が切断され臓器が引きずり出された姉の遺体を発見した。

警察の初動捜査で遺体の置かれたソファーの上に白い封筒が見つかった。封筒の中には三つ折りにされたA4の用紙と寒天状の物が入ったチューブがあった。

A4の用紙には「マトリョシカは数十万人の命を奪うだろう。我々はバイオテロにより享楽に満ちた世界に死を振りまき人々に内省を促す」との声明文が書かれていた。鎌木多門警部補と桐生綾乃刑事がチームを組んで洗い出し作業を担当することになった。7月9日、飯能市で行われた夏祭り会場で、ボストンバッグに入ったウイルス散布装置が発見された。7月12日、サクラテレビ社屋裏でメモと液体の入ったプラスチックチューブが発見された。メモには「組み換えられた生物兵器であるマトリョシカを我々は手に入れた。数十万人の命が奪われる。防ぐ術はない」と書かれてあった。

鎌木、桐生たちの懸命な捜査が続く中で、7月18日、動画投稿サイトに犯人と名乗る人物が映っていた。相場春樹というのが犯人の名前であった。相場の逮捕はあっけないものであった。

マトリョシカの中に生成されている強毒性のプリオンは感染から12年で発症が現れ次第に増えていくことが判明した。東都大学の円藤教授が、このプリオン病の治療薬の開発を進めており、製薬会社ナチュリテックに技術提供をしていた。この新治療薬を介して相場をめぐるどんでん返しのストーリーが展開していく。

【感想】

ウイルスに感染してから12年もの歳月を経過してから発症するという発想は、この医療小説の面白さのポイントである。このような奇抜な発想の背景には、作者が長年、国立がん研究センターなどでがん研究にたずさわっておられた経歴を知って納得がいった。本書の主人公、桐生刑事と相棒の鎌木警部補コンビの活躍の描写が面白い。被害者の頭部は切断され内臓が引き出されるという描写があるが、猟奇性の側面が強くはたして首の切断が必要であったかどうか。

『封鎖』／仙川 環／徳間文庫（2013年7月発行）

【作品概要】

関西地方のある集落で強毒性の感染症が発生したが、感染拡大を恐れた政府はその集落を全面封鎖した。この人道を外れた政府の対策に、住民たちの反発がはじまった。

【あらすじ】

兵庫県の北部にある高齢者の多い青沼集落が舞台である。

新米の看護師・友永静香は、遠縁にあたる平原時蔵が血を吐いて亡くなったことを知らされる。静香の勤める新島医院の新島医師は、時蔵の死に何らかの感染症の疑いを持ち時蔵の検体を国立感染症研究センターに送り調査を依頼した。

この集落の端にある雑貨店の主人・西房子が、時蔵と同じような症状で死亡しているのが発見された。

感染症センターの紺野医師が時蔵の検体を調べた結果H5N1型の亜型インフルエンザ・ウイルスであることが判明した。青沼集落に移住してきた彫刻家の笠井智之が、集落内に深刻な感染症が発生しているのではないかと静香に質問をしてきた。その可能性があるのではないかと思っていた静香は混乱してしまう。静香が自転車で通勤する途中、防護服をきた警官たちに通行禁止を告げられる。青沼集落は交通と通信が遮断され封鎖されたのである。

南大阪大学の松下教授、台田医師、紺野医師の3名からなる医療チームが派遣されてきた。松下教授はウイルス研究の専門家で感染症対策の権威である。青沼集落で発生した強毒性のウイルスを他地区に蔓延させないためにこの集落を封鎖することを提案した。人権無視の封鎖に集落の住民から不満が様々な形になって噴出していく。新島医師が友人の医師や地元の新聞社に働きかけて封鎖の事実を暴露することで封鎖が解除された。集落で17名の住民が亡くなった。医療チームの松下教授や紺野医師も亡くなった。このような大きな犠牲を払った封鎖とは一体どんな意味があったのだろうか、大きな疑問が残った。

【感想】

強毒性のウイルスの拡大を防ぐための有力な対策は、ウイルスが発生している地域を封鎖することである。しかし、封鎖された地域の住民の自由を奪い人権無視の事態も起こる。この二律背反の問題が本書の一貫したテーマである。このような命題を突きつけられた時人はどう対処するのか。この命題はコロナ禍の中で生きる私たちにも重くのしかかってくる。

看護師になって間もない友永静香が、青沼集落で起こった一連の事件を経験することによって大きく成長していく姿をみてこの上もない感動を覚えた。

『感染シンドローム』／初瀬　礼／双葉文庫（2020年8月発行）

（2016年新潮社から発行されたデビュー作『シスト』を改題、加筆のうえ文庫化）

【作品概要】

主人公の御堂万里菜は日本人の母、ロシア人の父を持つジャーナリストである。タジキスタンで謎の強毒性感染症が発生する。御堂は取材のため同国を訪れるが、日本でも感染が拡大しはじめる。その背後にある国の存在が浮かび上がり、国際謀略戦に発展していく。

【あらすじ】

主人公の御堂万里菜は、日本人の母、ロシア人の父を持つフリージャーナリストである。第三次チェチェン紛争で従軍取材を経験する。彼女は帰国後、記憶がなくなる症状に襲われる。若年性認知症と診断され、ウイルスに感染しても症状がでないと告げられる。その頃、タジキスタンで発症後1カ月で重症化して死亡する謎の感染症が発生した。中央テレビの三浦プロデューサーからタジキスタン取材を依頼された。御堂は後輩の小島サツキと共にモスクワ経由で現地に向かう。小島がモスクワのホテルでなぞの感染症に感染して血を吐いて死亡する。ホテルで隔離されていた御堂は異常がないということで帰国を許された。日本でも出血性肺炎とみられる感染症が発生していた。現地に出張した職員が最初の死者ではないかという疑いがでた。

その後、このウイルスをめぐってアメリカ、ロシア、チェチェンなどの国々の間で謀略戦が展開されていく。

【感想】

『感染シンドローム』というタイトルから医療小説を思い浮かべたが、以外にも手に汗をするエンターテイメント性満載の国際謀略ミステリーであった。主人公の御堂が、若年性認知症であり感染症の症状が発生しないということが本書の構成の一つのポイントになっている。実際の医療の現場ではあり得るのだろうか。医療について全く疎い私には大きな疑問として残った。

『デビルズチョイス』／初瀬　礼／双葉文庫（2022年7月発行）

【作品概要】

水野乃亜・特命捜査官はカザフスタンで起こったイスラム過激派による日本人拉致事件の解決のため現地に向かう。アメリカの救助チームにより救助された人質が乗った飛行機内でウイルス感染が発生する。機内に乗っていた水野が追う女テロリスト遠藤美沙との壮絶な戦いが描かれる。

【あらすじ】

主人公の水野乃亜は、3年前に起きた女テロリスト、ノバコバ・エラ・ミロワによるテロ未遂事件で名を挙げた特命捜査官である。

ユーラ・ゲルマノフは、カルト集団ムーン・クリスタルのロシア支部の熱心な信徒であった。日本ではこのカルト集団の教祖グルが死刑判決を受けている。ユーラは教祖グルの奪還を決意し実行に移そうとしていた。しかし、ユーラ達の奪還計画は困難を極めていた。水野乃亜が追う女テロリスト・遠藤美沙がキーマンとして教祖グルの奪還作戦に加わることになった。

中央アジアのタジキスタンで、イスラム過激派が日本人農業技師ら7人を拉致し身代金50億円を要求するという事件が起こった。アメリカの生物兵器対応部隊により人質全員が救助された。アメリカがこのような生物兵器に特化したのは、アメリカが研究していた致死率90％のウイルスが武装ゲリラによって奪われたという背景があったからである。7人の人質を乗せた飛行機の中でこのウイルスによる感染が発生した。機内にはこのウイルスに感染した通訳に変装した遠藤美沙がいた。水野乃亜達と遠藤美沙との壮絶な戦いの後エピローグを迎える。

【感想】

アメリカが開発した強毒ウイルスがテロ集団に奪われたという設定は何の前触れもなく登場してくるが少し唐突な感じがする。また、登場するカルト集団は、オウム真理教事件と重なり新鮮さを欠く嫌いがある。数々の戦いの描写は見事である。

『ＢＡＢＥＬ・バベル』／福田和代／文春文庫（２０１９年３月発行）

【作品概要】

主人公・如月悠希は同棲する恋人が高熱で重体となり病院に運ばれた。検査の結果、新型の脳炎感染であることが判明した。政府は感染者と非感染者を隔離する城壁を築くという政策に乗り出した。

【あらすじ】

如月悠希は、ある出版社の短編賞を受賞し、なんとか作家デビューしたところであった。ある日、同棲している美大生の倉知　渉が高熱を出して救急車で病院に運ばれる。精密検査を行った医師は、渉が言語障害を起こしていることを告げる。悠希は兄の直己に助けを求め電話をかけた。直己は国立大学に所属する医科学研究所でウイルスの研究をしている。最近、全国各地の病院から重篤な急性脳炎の報告が増え続けている。患者の症状は日本脳炎とよく似ているが、言語障害が発生する症例が多い。意思の疎通まで不可能になるケースもある。

日本での新型脳炎の蔓延が国際的に明らかになると、諸外国が日本との輸出入禁止措置を講じるようになってきた。日本は強制鎖国の状態になってきた。

この新型脳炎感染の蔓延を抑え込むために政府は、感染者と非感染者の住み分けを行って相互の接触を避ける対策を講じた。東京23区の一部を長城で仕切りそこを非感染者の居住区とすることを決めた。さらに政府は外部と完全に切断された巨大なタワーを建設し、4歳から12歳までの優秀な少年少女をウイルス感染ゼロの環境に居住させることを決めた。

政府の非人道的な隔離政策に反対する感染者の反政府組織と政府との間に壮絶な戦いが展開されていく。

【感想】

現在、全世界に蔓延している新型コロナウイルス感染症の後遺症として味覚障害がよく知られているが、本書のバベルウイルス感染の症状として言語障害が登場し物語の大きなキーポイントになっている。面白い発想で大変興味を持ったが、ピジン英語、クレオール、チョムスキーの生成文法など言語コミュニケーションに関する話が多く登場してくる。私には勉強になったが、違和感を持った読者もいるのではないかと疑問を感じた。

『赤い砂』／伊岡　瞬／文春文庫（2020年11月発行）

【作品概要】

感染すると2週間後に、幻覚、自傷行為を起こし自死する感染症が東京で発生した。このウイルスは「赤い砂ウイルス」と呼ばれ、100％の致死率を持つHIVウイルス対して免疫機能を持っている。「赤い砂ウイルス」を使ってワクチンを製造しようという競争が製薬会社間で始まった。

【あらすじ】

梅雨が明けた7月の中頃、JR高田馬場駅で運転手の早山は、一人の男がホームから飛び降りるのを見た。ブレーキ操作をしたが何かを巻き込んでいくのを感じた。警視庁の工藤巡査部長が鑑識作業を行った。飛び込んだ男は国立疾病管理センターの職員・阿久津久史であることが分かった。工藤の同僚の永瀬巡査部長が聞き取り調査を行った結果、阿久津の死因は自殺であるという結論が出た。永瀬が捜査活動を終えて戸山署に戻ると署内で工藤が拳銃を発砲し署員の一人が重傷を負い、工藤は拳銃の暴発により死亡した事件があったことを知る。永瀬は工藤の葬儀の後、JRの早山運転手が死亡したことを耳にする。早山の妻・明子の話では、早山は高田馬場駅での人身事故以来精神状態が不安になり心療内科を受診していたという。

大手の製薬会社・西寺製薬に「『赤い砂』を償え　遺族に2億円ずつ支払え」との脅迫状が届いた。社長の西寺を中心に内密の調査がはじまった。

池袋にある探偵社の社長が、4階の窓から飛び降りて自殺するという事件が起こる。聞き込み捜査のために探偵社を訪れた永瀬は、「社長は前の日までは元気だったのに突然暴れ出した」という社員の言葉が気になった。社長の名刺入れの中に自殺した国立疾病管理センターの阿久津の名刺を発見する。国立疾病管理センターの元職員の有沢美由紀から「中米のある国で『赤い砂』と呼ばれる二次発症したら100%死亡するというウイルスが発見された」と知らされた。ウイルス『赤い砂』はHIVウイルスに対して免疫機能があり、世界の製薬会社がこのウイルスを使ってワクチンを作ろうとしている。日本の研究所にもウイルス『赤い砂』が持ち込まれている。永瀬は西寺製薬からこの画期的なワクチンを開発するために「阿久津にウイルス『赤い砂』を盗み出させたが、阿久津は感染し続いて工藤、早山たちにも感染していった」という重大な事実を聞き出した。永瀬は、西寺製薬とその関係者に焦点をしぼり懸命の捜査を続ける。西寺社長の父・喜久雄と息子の暢彦たちも登場しストーリーが展開していく。

【感想】

主人公の永瀬巡査部長は、同僚の工藤巡査部長が拳銃の暴発事件で自殺するが、戸山署の上層部がしきりに事故で処理しようとすることに疑問を持つ。工藤の自殺の背景には驚くべき事実が隠されておりその追求に命を懸けて取り組む永瀬の姿とそれを支える疾病管理センターの元職員・有沢美由紀の献身的な協力がこの作品の大きな魅力である。この作品の中で科警研の長山のウイルスに関する説明（206頁〜225頁）と疾病管理センターの元職員有沢美由紀のワクチンに関連する説明（251頁〜257頁）は分かりやすく参考になった。

『月の落とし子』／穂波 了／早川書房（2019年11月発行）

【作品概要】

月探査の宇宙船の中で飛行士たちが正体不明のウイルスに感染し、3人が死亡する。生き残った宇宙士たちは地球への帰還を試みるが、千葉の船橋に墜落し、地球内の汚染がはじまる。

【あらすじ】

月を探査するオリオン計画の第3回目として工藤晃たち5人の飛行士は、オリオン号で月を訪れていた。今まで月面着陸した着陸船は、月の表面に降り立っていたがオリオン3号が着陸するのは巨大なクレーターが壁となっている裏側であった。着陸後、月の裏側のマグネシウム分布の調査に向かったエドガー船長とフレッド副船長が原因不明の死を遂げた。ヒューストンから残る晃、エヴァ、ロドニーに、地球への帰還命令が出た。3人は死亡したエドガーとフレッドの遺体回収を申し出た。回収作業を終了した後、ロドニーが口から血を吹き出し死亡した。送られてきたエドガーとフレッドの遺体の映像見た疾病予防センターは、ウイルス性感染症に感染していた可能性があるとの見解を出した。死亡した3人の遺体とともに地球に帰還する途中にエヴァも死亡する。

JAXA筑波宇宙センター管制棟の屋上で、工藤晃の妹・茉由が空を見上げていた。入道雲を突き抜けて、火の玉が飛んでいるのが見えた。はじめは小指の先ぐらいだった火の玉は次第に大きくなってこちらに近づいてきた。宇宙船オリオン3号だった。地上に墜落するのを防ぐために自衛隊のミサイルが発射され宇宙船は、千葉県の船橋市内のマンションに落下した。JAXAから深田研究員、広瀬管制員、茉由の3人が調査班として現場に向かった。

WHO事務局局長からオリオン3号の事故にかかわる災害、感染の専門家チームの派遣を呼びかけるとともにこの未知のウイルスの名称を、月のシャクルトン・クレーターにちなんでシャクルトン・ウイルスとすることが発表された。

総理大臣が非常事態宣言を発令し事故現場を中心とした区域を封鎖することが決まった。時間の経過とともにこの区域内の住民から次第に不平不満の声が上がりはじめる。監視のために投入された自衛隊との小競り合いが起こる。感染症の対策としてウイルスや細菌を減菌するために薬品散布作戦が計画され、住民に大きな不安を与えた。伊吹美穂の母親が感染症で死亡したが、接触者である娘の美穂が発症していないことが判明した。美穂の食事は、マグネシウムを含んだ食材が多いということが分かりマグネシウムが治療に関係している説が浮上してきた。検証の結果マグネシウムがシャクルトン・ウイルスを不活性化することが実証された。

【感想】

宇宙飛行士たちの宇宙船の内外での活動のスリルに満ちた生々しい描写が秀逸だった。作者の宇宙関連の優れた知見に感動する。工藤宇宙飛行士が地球に帰還しようとする最後の苦闘の描写が印象的だ。工藤の妹・茉由の役割が何かあいまいな感じがした。マグネシウムがシャクルトン・ウイルスの不活性化に効果があることがあまりにも簡単に実証されていく過程に違和感をもった。

『生存者ゼロ』／安生 正／宝島社文庫（2014年2月発行）

【作品概要】

北海道根室沖に浮かぶ石油採掘プラットホームで、職員全員の変死体が発見された。自衛隊から送り込まれた廻田三等陸佐や感染症学者の富樫博士たちが、事件の究明と対策を政府から依頼される。予想もしないシロアリの恐怖が待ち受けていた。

【あらすじ】

石油採掘プラットホームTR102からの連絡が途絶えたので廻田陸佐たちが調査に派遣される。廻田陸佐たちが発見したのは職員たちの無残な死体であった。感染症学者の富樫博士と廻田陸佐が究明に乗り出す。

標津町に緊急事態が発生したので確認のため、廻田陸佐はヘリで現地に向かった。標津町は、すでに壊滅状態になっていた。TR102事件と全く同じ事件が繰り返されていたのである。

廻田陸佐は、この事件が最初に起こったTR102の現場に富樫博士を連れて調査に来ていた。この事件の原因がつかめない中、ここで何が起こったのか自分の目で確かめるためである。廃液用のパイプラインからシロアリの大群が重なり合いながら出てきた。

東都大学で昆虫学を研究する弓削博士の判断によると「TR102で捕獲されたシロアリはヤマトシロアリが突然変異を起こし、周囲の物を手あたり次第食い殺す攻撃的な集団となって爆発的に増えたと考えられる」とのことであった。このシロアリは月と太陽の重力が合わさった時、つまり新月の夜に爆発的に活動をはじめる性質があることも分かった。札幌市街に迫ったシロアリは、2月21日の新月夜に攻撃をしてくることが予想された。決戦に備えて各地の自衛隊が動員された。シロアリとの壮絶な戦いが展開されていく。

【感想】

シロアリの大群に自衛隊が登場してくるという構図は少し安直な感じもする。しかし、恐るべき国家的危機に対応する自衛隊の活動が、実にリアルに描かれている。主人公の廻田陸佐の自衛隊のリーダーとしての使命感溢れる行動が本書の素晴らしさを増幅させている。

狂暴なシロアリに立ち向かう自衛隊の武器が主として銃器である場面が多いが、アリという昆虫に対しては無力であることは明白であるが何度も出てくるのにあきがした。他の有効な手段はなかったのか。

『レッドリスト』／安生　正／幻冬舎文庫（2020年8月発行）

【作品概要】

東京都心で謎の感染症が発生し多くの死者が出た。地下鉄で生息するヒルとネズミがその原因ではないかとの疑いがもたれた。厚生労働省の隆旗とウイルス学者都築博士がその解明に取り組む。新種のコウモリが人を襲う事態が起こり途方もないストーリーが展開していく。

㊟タイトル「レッドリスト」

「レッドリスト」とは国際自然保護連合（IUCN）が1966年から作成している絶滅の恐れのある野生生物のリストを指す。

【あらすじ】

東京の虎ノ門中央病院で、発熱、痙攣、意識障害に苦しむ53名の感染者が発生した。厚生労働省健康局に所属する隆旗課長代理は、国立感染症研究所の都築博士を訪れて感染対策のアドバイスを得るよう命じられた。

証券会社に勤める田中幸子が六本木の泉ガーデン庭園の散策路を歩いていると き、ナメクジのような生き物が取りついている猫を見つけた。真上にクスノキの枝が張り出していたがその枝からヒルが次々と落ちてきて田中の体に潜り込んできた。このヒルが感染症の原因ではないかという疑いが広まった。地下鉄の構内で二人の男性の死体が、ネズミに食い荒らされたような状態で発見された。上野駅周辺をねぐらにしていたホームレスの間に狂犬病に似た症状が発生した。東京都内で次々と異常な事態が起こっていくにつれて、都民の不安は次第に大きくなっていった。

生物学者の武田は、御徒町の居酒屋から一人の酔客が外へ出た瞬間、コウモリの群れが一斉に急降下してきてその酔客に群がるのを見た。彼の頭上はコウモリで真っ黒になっていった。地下鉄構内でコウモリとネズミが激しい生存競争を繰り返していた。勢力を拡大したコウモリが、今度は人間を襲いはじめたのである。

日本全域に生息するヤマコウモリが、都心の地下で肉食の習性を持つ新たな種に変異し、爆発的に拡大していったことが判明した。

何百万にも増殖したコウモリと自衛隊との壮絶な戦いが各地で展開されたが、自衛隊の銃器ではコウモリを殲滅することは不可能であった。政府の対策会議はどう対応していくのか、決定的な対応策をめぐって苦悩が続いた。

気象庁によると東京都心では、暴風雪が激しくなり零下20度を下回るとの予報が発表された。隆旗は、この極寒の気象状況を利用し、寒さに弱いコウモリを殲滅するとてつもない案を提案する。果たして、その案とは？

「元は劣勢だった種が、急激な進化を遂げその時代圧倒的に優勢だった種を滅ぼす。滅ぼされた種は忽然と歴史から消えてしまう。人類とコウモリの生き残りを懸けた戦いが展開されているのだ」というのが西都大学の村上教授の絶滅進化論である。東京都内の地下には、総延長600キロを超す、地下鉄、埋設管、光ケーブル、共同溝、洞道（連絡用のトンネル）で構成された地下迷宮がある。このような環境を利用して人類と対立する種が現れ、人類が滅亡する日が来るかも知れないと思うと背筋が寒くなる。

【感想】

防犯カメラの映像に映った西都新聞の記者が、白い帽子をかぶった毛皮を着た女性に向かって走り出した。これはコウモリが餌をおびき寄せるための擬態であるという設定は、コウモリがそこまで進化したとは考え難い。荒唐無稽さがいささか強すぎる感じがした。

『首都圏パンデミック』／大原省吾／幻冬舎（2020年5月発行）

（2016年4月キノブックスから発行された『計画感染』を改題した作品）

【作品概要】

長崎の離島でなぞの新型感染症が発生し島民のほとんどが死亡するという事件が起きた。9日後タイから羽田に向かう新日本エア726便の機内でウイルスによる感染症らしき患者が次々と現れ、死者も4名出た。乗務員たちも発症しながら乗客を助けようとしたがパンデミックの状態に陥った。強毒ウイルスの感染源が、ある製薬会社の卑劣な陰謀に関連している事実が暴露される。

【あらすじ】

人形町にある居酒屋「おはる」で、警視庁の八代刑事が食事をしているところに芝浦の運河で溺死体が発見されたとの報告が入る。最初に遺体を発見した三田署の北条刑事と八代刑事が捜査を開始する。死体はアメリカの製薬会社の日本法人クラリスジャパンの社員であることが判明した。

タイ中部の川辺で記憶喪失に陥った新庄直人は現地の少女に助けられた。彼は、日本に帰国するため羽田行き新日本エア726便に乗った。機内でインフルエンザと思われる伝染病が発生しパンデミックの状態に陥った。医者である新庄とたまたま乗り合わせていた医者の二宮や乗務員たちの救助活動にもかかわらず重篤患者12名、死者が4名出た。726便からの報告を受け、ウイルスが首都東京に持ち込まれることを恐れた政府は自衛隊機で726便を撃墜することを決めた。富岡機長が最も近い香港に着陸を要請したが拒否された。台北への着陸も不可能だった。実は新庄のアタッシュケースには感染症の特効薬があるのだが暗証番号が分からない。感染症の病原体をめぐってクラリスジャパンの陰謀が次第に明らかになっていく。

【感想】

機内で感染した乗客たちを医者や乗務員たちが献身的に救助活動を続ける描写が印象に残った。政府が首都に強毒ウイルスの侵入を防ぐために撃墜を決める流れは航空パニックストーリーによく登場するのではないか。新庄がタイで発見されてその後の経過にかなりの部分が割かれているが果たして物語の展開に必要だったのか。

『売国のテロル』／穂波　了／早川書房（2020年9月発行）

【作品概要】

世界中に新型炭疽菌の感染症が発生した。国際宇宙ステーションの日本モジュールに発生源があったことが判明した。開発にたずさわった自衛隊をめぐり様々な事件が展開していく。

【あらすじ】

アフリカの小さな漁村で多剤耐性を持つ炭疽菌による死亡者が出た。病原菌について調査が開始された。その結果恐るべき仮説が立てられた。国際宇宙ステーション（ＩＳＳ）と補給船の衝突事故によって、ＩＳＳ内にあった新型炭疽菌が大気層に混入し空気に混じって大地に降り注いだのではないかという仮説である。生物兵器になり得る炭疽菌がなぜＩＳＳの中にあったのか。真相究明のため宇宙飛行士八代相太たち３名が調査のためＩＳＳに向かった。相太の妻はすでに炭疽菌に感染していた。

田淵量子二尉に率いられた炭疽菌によって死亡した遺体の回収隊が作業を終え夕食をとっているとき、陸上総隊の司令官の黒沢陸将が自殺をしたという一報が入った。このショッキングなニュースがこの物語の展開に大きな意味を持つことになる。

自衛官が基地から逃げ出すことを脱柵というが、量子を含めて18名の隊員に脱柵の命令が出た。18名の中に防衛省の大臣政務官の須藤浩三がおり、一隊の指揮をとっていた。また、炭疽菌治療薬の開発者の新谷七穂がいた。一隊は長崎にある要塞島と呼ばれる無人島に着いた。そこで彼らを救助する代償としてある組織と合流して治療薬を渡すことになっていた。

実は、自殺した黒沢陸将が炭疽菌を封入したT型衛星を宇宙空間で周回飛行させ、日本を守る抑止力として利用するという計画の指揮をとっていた首謀者であり量子をはじめ脱柵した18名の自衛官たちはその実働部隊だったのである。その後、武装した自衛隊員を乗せた船が要塞島に着港した。島は完全にマークされ、脱柵隊員と自衛隊との壮烈な戦いが展開され、最後に物語の終盤を迎える。

【感想】

　要塞島での銃撃戦はまさに手に汗を握る場面が次々に展開していく描写は本書のハイライトである。武器など自衛隊特有のものが次々と登場するので理解できないところもあった。自衛官・田淵量子二尉の自己犠牲に裏付けされた生き方に感動を覚えた。

『ブルータワー』／石田衣良／徳間書店（2004年9月発行）

【作品概要】

　新宿の高層マンションに住む中年の男が悪性の脳腫瘍に冒されていた。時々発作が起こったがそのたびに200年後の世界にタイムスリップした。その世界は悪性のインフルエンザが蔓延し崩壊寸前であった。彼はこの世界を救うために立ち上がる。

【あらすじ】

西新宿の高層マンションに住む瀬野周司は、「脳をつくるグリア細胞がガン化して悪性の脳腫瘍に冒されている。5年以内に100人中93人が死亡する」と医者に宣告された。

12月のある日、見舞いにやってきた周司の部下から妻の美紀が上司と不倫関係にあることを告げられる。周司は以前から頭痛の持病があったが、その日は今までに体験したことがない痛みが次第に勢いを増して周司の意識がなくなっていった。気づいたらそこは200年後の日本だった。そこは「黄魔」という死亡率88％の爆発的な伝染力を持つインフルエンザが蔓延する世界だった。現在開発されているワクチンも抗ウイルス薬も「黄魔」を打ち負かすだけの効果がない。人々はウイルス対策として高さ2000メートルの塔を建設してその中で生活しなければならなかった。その塔は5層に分けられ上層の階は裕福な人が住み、下層は貧しい人が住むという厳しい階層社会になっていた。棟の外の地表に住む人々は「地の民」と呼ばれ「黄魔」の恐怖の中で生きていた。当然、階級間に猛烈な争いが絶えなかった。
周司は21世紀の世界と23世紀の世界を往復する中で、青の塔の治安軍と戦う地の民解放同盟の側に立ち、腐敗した世界を救うために活躍する。

【感想】

人類とウィルスとの戦いは、スペイン風邪、アジア風邪、新型インフルエンザ、新型コロナウイルスなど人類に大きな影響をもたらしてきた。これからも本書のように未来の社会で、ウイルスなどを利用した生物兵器による厄災が発生する可能性を否定することはできない。本書は、SF小説の形をとった人類の未来に対する警告小説と言える。

『機械仕掛けの太陽』／知念実希人／文藝春秋社（2022年10月発行）

【作品概要】

東京都内の大学附属病院に勤務する内科医の椎名梓は、一人息子のコロナ感染に恐れながらも迫りくるコロナ患者の治療に日夜奮闘している。硲《はざま》瑠璃子は同病院の看護師として働く。厳しいコロナ患者の対応の中でストレス障害に陥る。長峰邦昭は開業医として崩壊寸前の地域医療に立ち向かってる。

【あらすじ】

椎名梓は氷川台病院呼吸器内科の医師である。プリンセス号から受け入れた3人の感染者の症状が悪化してきた。梓は一人息子の一帆に対する思いを打ち消し感染者の治療に積極的に取り組むことを決意した。

梓は家族への感染を防ぐためビジネスホテルに宿泊しているが母から電話が

あった。一帆が友達から「カズ君のママからコロナのばいきんがうつる」と言われたという内容であった。抑えることのできない怒りが込み上げてきた。

２０２１年12月、アメリカでファイザー製のワクチンの接種が開始された。氷川台病院でも接種会場になりコロナ病棟に出入りするスタッフから接種を受けることになった。梓はコロナ病棟で共に戦っている姉小路医師と共に接種を終えた。２回目の接種を終えた梓は久しぶりにマンションに帰り一帆と再会することができた。

長峰邦昭は西東京市で長峰医院を開業している。２０２０年2月20日のこと、町田というかかりつけの患者が来院し高熱を出し苦しみ出した。診察をすると重度の肺炎を起こしていた。氷川台病院に町田の入院を依頼した。

埼玉県の総合病院に勤めている息子の大樹から感染症を心配して病院を閉めるよう説得を受けていた。長峰医院は地域の人々に頼られ支えられてここまでやってきたので閉める意志はないことを伝えた。

新型コロナウイルス感染が拡大していく中で長峰は発熱外来を開始する意思をかためた。設置が認められると発熱相談センターから紹介されたという患者が押し寄せた。

2021年2月に入り接種センターや総合病院だけでなく地域の診療所でも接種を行うことが決まり長峰医院もあわただしくなった。

保健所の職員から、長峰が診察したことのある栗田という患者の往診を依頼された。肺炎を起こしているようで入院先を探しているが見つからないということだった。訪問診察などする暇がない状態だったが栗田に臨時的な処置を行い訪問診察の専門医に引き継ぎすることができた。オリンピックという華やかな舞台の裏で重症患者の入院ができないという医療崩壊が日本で起こっていることに愕然とした。

大樹から、長峰医院で週1回病院業務を手伝うという申し出があった。この2年間コロナ禍の中で必死に踏ん張ってきた自分を息子が手伝ってくれようとしていることに胸が熱くなった。

砺瑠璃子は氷川台病院の救急救命部で看護師をしている。看護師長からコロナ病棟勤務を告げられた。恋人の彰から異動を断ることをすすめられた。

プリンセス号からの感染者の受け入れがはじまった頃、一緒に働いていた猪原看護師が「看護師をマスクのように使い捨てできる道具しか思っていない病院で働く何て馬鹿らしい」と言って退職していった。

瑠璃子は連日の厳しいコロナ病棟の勤務のなかで常に不安を感じ夜眠れなくなった。診療内科の主治医からストレスが溜まっていることを告げられる。ＰＣＲ検査を受けると陽性の結果が出たためコロナ病棟の勤務を解かれた。瑠璃子は肺炎を発症することなく軽症で回復したが、強い倦怠感、呼吸苦、味覚の消失の後遺症で苦しむことになった。

コロナ病棟で献身的に働く看護師たちの姿をテレビで見た瑠璃子の父親から、瑠璃子を誇りに思うと告げられた。看護師の仕事を否定し続けていた父親が自分を認めてくれた。瑠璃子は涙が止まらなかった。コロナ病棟のナースステーションで「本日からワクチン接種の担当として復職しました」とあいさつする瑠璃子の姿があった。

【感想】

国内では新型コロナウイルスとの戦いが3年を超える。1日の感染者と死者の数字の報告が連日報道される。この恐ろしい災厄に馴れが起こりはじめたとすれば恐ろしい。この3年間で医療に従事した人々の献身的な働きを私たちはどれだけ知っているのだろうか。医師として戦った作者が現場での戦いを余すことなく描写した作品である。多くの人に読んでほしいと思った。

『トリアージ』／犬養　楓／書肆侃侃房（2021年11月発行）

【作品概要】

新型コロナウイルスと闘う医療現場の実状を、研修医滝村の目を通してありのままを描いた小説である、医療従事者たちが悩み苦しみそれでも懸命に最悪の災厄に立ち向かう姿を記録したドキュメントともいえる。

【あらすじ】

主人公の滝村は大阪能勢医療センターの研修医である。新型コロナウイルスの拡大によりコロナ中等症患者が増加し重症患者のＩＣＵ床が満室になった。コロナ以外のＩＣＵベッドもすべて埋まった。中等症患者が重症化した最悪の事態にどう対処するのか、滝村は愕然とした。「ＩＣＵに、今いる患者の中から安定している患者と急変した患者とを比べどちらが重篤かを判断し、より重篤な患者をＩＣＵに入れる。このベッドコントロールは、救命救急医の大切な仕事だ」と先輩の蜂須賀医師は言う。助かるか助からないか命の判断をしなければならない救命救急医療従事者の苦悩とウイルスの非情さがひしひしと身に染みてきた。

ＩＣＵで管理されていた森山という重症患者の状態が急激に悪くなった。エクモの導入が決まった。エクモは正常に稼働していたがレントゲン写真では両方の肺が真っ白になっていた。２、３日以内に山場が来ると蜂須賀医師に告げられた。森山の妻にエクモを止めることを伝えた。エクモを止めることは、医者が患者の死に手を下すことを意味する。滝村にとって忘れられない厳しい経験であった。

２０２１年４月大阪の感染者１０９９人、重症者も増えてきた。能勢医療センターではコロナ重症ベッドはすべて埋まり、一般重症者のＩＣＵも満室になった。やむなく、公立病院の使命である救急外来を閉じることになった。コロナ重症患者を受け入れることが困難になる病院が続出した。医療崩壊の現実に直面して滝村は苦悩する。

【感想】

この作品の題名『トリアージ』とは、戦争、災害、事故などで多くの傷病者が発生した時に、救命の見込みのある患者を選別して治療することである。阪神淡路大震災で話題になり知識としては知っていたが、この作品を読んでコロナ禍でも起こっていることに愕然とした。医者になって5年目の主人公が、医療現場でトリアージを初めて経験して苦悩する場面に胸を打たれた。

『連鎖感染』／北里紗月／講談社（2020年12月発行）

【作品概要】

千葉県にある神宮総合病院に一人の青年が腹部の不快感と下痢を訴えて入院してきた。この青年は、突然高熱を出し酷い痙攣が起こり、呼吸が停止した。同じ病状の患者が次々と運び込まれてきた。「この病院にはわれわれのバイオテロの病原体に感染した患者がいる」との警告が届いた。この死の病原体の究明に院内の医師たちの戦いがはじまる。

【あらすじ】

伏見直哉は、千葉医科理科大学理学部の大学院生・利根川由紀の運転手兼雑用係をしている。二人はたまたま千葉県にある神宮総合病院に来ていた。病院では激しい胃腸炎を発症し突然高熱で痙攣が起こり死亡するという患者が次々と運び込まれてきた。発信者「エンザイムｋ」から「この病院には死の病原体に汚染した患者がいる。我々のバイオテロによる犠牲者だ。死の病原体はこの瞬間にも感染拡大を続けている」という謎の警告が届いていることを知らされた。

　胃腸炎の病原体はコレラであることが判明したが、ベネズエラ馬脳炎ウイルスが脳炎を引き起こしており、患者は最初から2種類の病原体に感染していた。

　国立感染症研究所の職員・斎藤竜太郎が責任者として着任してきた。千葉県でバイオテロが発生したことが報道されると、巷はパニック状態が起こり千葉から脱出しようとする車で渋滞、保健所は麻痺状態に陥った。

　利根川由紀は、アメリカにわたり、過去5年間の重症コレラ患者のリストからジョージ・ゴッドリープ（67歳）を見つけ出す。ジョージと面談し驚愕する事実を知ることになる。実は、ジョージは「エンザイムｋ」という恐るべき生物兵器製造の責任者であった。このジョージの告白をめぐって、予想もできない結末を迎える。

【感想】

全編を通じて医学関連の記述が多く登場するので戸惑うが、読み進んでいけば次第に理解できるようになった。バイオテロの問題について歴史的な部分も含めて勉強になった。

旧ソ連でバイオ兵器の開発に携わっていた人物が、日本の病院で堂々と医療活動を続けているという設定は違和感が拭えない。

『武漢コンフィデンシャル』／手嶋龍一／小学館（2022年8月発行）

【作品概要】

アメリカの情報機関の諜報員・マイケル、イギリスのMI6の諜報員・スティーブン、香港で高級広東料理店を営むマダム・クレアの3人が物語の主人公として登場してくる。数々の歴史的事件が推移していく中、2人の諜報員は、マダム・クレアのとてつもない謀略を知ることになる。

【あらすじ】

新型コロナウイルスの発生源は、武漢病毒研究所であるとの説が有力である。この物語のプロローグは武漢ではじまりエピローグも武漢で終わる。上海、雲南、香港、ワシントン、ニューヨーク、ロンドン、東京、ゴールデン・トライアングルなど舞台が全世界に広がる。

マイケル・コリンズは、財務省に所属するＮＣＭＩ（国家医療情報センター）の諜報員である。スティーブン・ブラッドリーは、イギリス秘密情報部ＭＩ６に所属する諜報員である。彼は、航空機リースビジネスを手掛ける駐在員という肩書で香港に滞在している。マイケルとスティーブンは、オックスフォードの大学院で共に学んだ間柄で生涯の友である。二人は物語の中で重要な役割を果たしていくことになる。

２０１２年12月のある日のこと、香港の沙田《しゃてぃん》競馬場で翡翠色のチャイナドレスの女性が、３番人気の馬に30万香港ドルを賭け、見事配当を手にする姿をスティーブンは目撃した。その女性はマダム・クレアと呼ばれ、香港の湾仔《わんちゃい》で広東料理店を経営していることを知る。

国民党と共産党の内戦、文化革命、香港返還と雨傘革命運動、オバマ政権によるウイルスの機能獲得研究の凍結、など数々の歴史的事件が推移していった。

マイケルとスティーブンは、マダム・クレアがカジノで得た資金をスイス銀行を通して新型コロナウイルスの研究に提供していることを掴んだ。そしてマダム・クレアの驚愕すべき謀略を知ることになる。

㊟ゴールデン・トライアングル　良質なヘロインが取引される三角地帯

【感想】

物語の舞台が全世界に広がり数々の歴史的事件が絡み合うという物語の展開は興味深い。世界を股にかけた取材歴のある作者だからこその世界の文化や歴史に対する知見の豊かさに感嘆した。特に世界をめぐる生物兵器の歴史と現状についての記述は興味深かった。手嶋龍一のスケールの大きい骨太のインテリジェント小説である。

『あなたに安全な人』／木村紅美／河出書房新社（2021年10月発行）

【作品概要】

中年の男女が、東京から田舎町の故郷に帰ってきた。二人には、過去に人を殺したのではないかというトラウマに苦しんでいた。便利屋である男が女から仕事を受けていく中で奇妙な関係が進んでいく。

【あらすじ】

物語の舞台は、岩手県のある町でコロナ感染症に対して異常なまでに恐れる空気があった。主人公の妙（46歳）は、9年ぶりにこの町に帰ってきた。中学校で教師をしていた妙は、担任をしていた男子生徒が水の事故で水死したことで父親から責められている。4月の半ば、風呂の湯が逆流するようになり便利屋に修理を依頼した。やってきた便利屋は、忍（34歳）という中年の男性であった。警備員として東京で働いていた忍は、13年ぶりに故郷のこの町に帰ってきた。沖縄でデモの警備中、女性を蹴飛ばし死に至らしめたというトラウマに苦しんでいた。妙は、車と家の壁に〈人殺し〉〈町から出ていけ〉と書かれた落書きを消してもらうよう忍に依頼した。

ある時、夜間の〝見張り〟の仕事を頼んだ後、一階の仏間に泊まらせたことがあった。それ以来、顔を合わせずお互いの気配を読むだけの奇妙な共同生活がはじまった。

【感想】

人を殺したのではないかという共通のトラウマが、二人の奇妙な絆をうみ人殺し呼ばわりする心無い人より二人は自分にとって安全な人だという思いが生まれてきた。2回目を読み終わって「あなたに安全な人」が持つ重たいテーマがやっと理解した気になった。コロナ禍がもたらす不安感、疎外感、いわれなき差別感を見事に描き出した秀作である。

『パンデミック追跡者（第一巻）』／リトル・ガリバー社（２００９年２月）
『パンデミック追跡者（第二巻）』／リトル・ガリバー社（２００９年４月）
『パンデミック追跡者（第三巻）』／リトル・ガリバー社（２００９年11月）

外岡立人

【作品概要】

　北海道総合大学の遠田教授が鳥インフルエンザウイルスを中心とした新興感染症の解明に取り組む様子を全巻を通じて克明に描いている。北海道のR島で発生したH5N1鳥インフルエンザウイルスは、致死率50％のウイルスに変異し、国内に広がっていく。アメリカと国連が日本を封鎖することを決める。遠田教授が日本国内のウイルス封じ込めに奮迅の活躍をする。

【あらすじ】

第1巻

２００３年香港で謎の新型肺炎ＳＡＲＳが流行しパンデミックの危機が迫っていた。北海道総合大学のウイルス感染症の研究者・遠田教授が、ＷＨＯから調査の依頼を受けた。国立ウイルス感染症センターの山崎部長と共に香港に向かった。この感染症はハノイやカナダでも発生していた。

２００３年11月5日のＷＨＯの発表では、感染者８０９６人、死者４人、致死率９・６％に達していた。札幌藻岩病院の医師にＳＡＲＳの疑いが出た。北京帰りの商社マンが肺炎で死亡した。北海道のＲ島の診療所に勤めている遠田教授の同期の医師から緊急の電話がかかってきた。島民の間で季節外れのインフルエンザが流行し、死者が数人出たとの報告であった。Ｒ島に調査に向かった遠田教授は、両目が飛び出し身体全体が膨れ上がった多数の海鳥の死体を見つけた。Ｈ５Ｎ１鳥インフルエンザに違いないと確信した。Ｈ５Ｎ１ウイルスは変異して人から人への感染がはじまっている。ＣＤＣ（アメリカ疾病予防管理センター）

のジェリー長官に緊急の世界的対策を訴えた。アメリカでは世界的なパンデミックを防ぐための封じ込め作戦が提案された。

第2巻

ＳＡＲＳウイルスの遺伝子とＨ５Ｎ１鳥インフルエンザウイルスの遺伝子を操作したハイブリッドのウイルスが、世界の各地で流行していることがＷＨＯに報告された。このハイブリッドウイルスは人為的に操作すれば生物兵器の製造に結び付く可能性があった。

遠田教授はＨ５Ｎ１鳥インフルエンザをはじめすべての新型ウイルスに対応できる保護ウイルスを開発し実用化することを、カナダのグアン教授に提案していた。Ｒ島から発生しているウイルスを収束させて、現在計画されているアメリカと国連による日本封鎖作戦を回避するための遠田教授の必死の戦いが続く。

第3巻

北海道のＲ島で発生したＨ５Ｎ１鳥インフルエンザが致死率50％を超える新

型ウイルスに変異した。アメリカと国連は日本から世界に拡大するのを防ぐために日本を封鎖することを決めた。

サンタフェ米海軍微生物研究所のドクター岸本から遠田教授のもとにメールが届いた。岸本は北海道総合大学の同期生で、天才的ウイルス研究者と言われていた。そのメールには、「北海道のR島で感染しているウイルスは、岸本の所属する研究所から漏れたこと、それはCDCで作成された変異ウイルスであったこと、このウイルスの増殖遺伝子に〝安全キー塩基〟が組み換えられていること、そのためこのウイルスは3回前後人間を渡り歩くと増殖能力を失い消滅していくこと」が記されていた。

首相官邸で開かれた対策会議では、ウイルス感染症研究センターの山崎部長からR島感染の追跡調査でウイルスは完全に消滅したとの報告があった。「R島で発生したH5N1鳥インフルエンザウイルスの変異型ウイルスの病原性は減少していて感染力も弱まっている」との記者発表があった。

【感想】

遠田教授がH5N1鳥インフルエンザウイルスと新型インフルエンザウイルスの解明に取り組む情熱は感動的である。この三巻にわたる作品を読み終わった後、「人類の歴史はウイルスとの闘いの歴史である」という言葉の重さがひしひしと迫ってきた。ドクター岸本の〝安全キー〟の組み換え操作で毒性ウイルスの増殖機能を消滅させるという発想には驚いた。果たして現実に起こり得るものなのか？

教授秘書として、また、妻として遠田を助け励ます祐有子の献身的な活躍が、全編を通して一服の清涼剤として作品を盛り上げている。

『臨床の砦』／夏川草介／小学館（2021年4月発行）

【作品概要】

長野県にある信濃山病院は地域の感染症指定病院である。発熱外来患者が引きも切らず来院している。小規模の病院でありながらコロナ禍の中で懸命に感染症に立ち向かう医師たちの姿を描き出した。

【あらすじ】

主人公の敷島寛治は、長野県にある信濃山病院に勤める内科医である。長野県にコロナ感染が発生してから1年近くコロナ患者の治療に当たってきた。今年の12月に入ると発熱外来患者が急増してきた。カラオケ店でクラスターが発生し4名が入院してきた。この一週間の患者の増え方は異常で20床あった病床は満床になった。資材倉庫を空けて2名を入院に充てた。

信濃山病院にかつてない厳しい敵が目の前に迫ってきているのだ。全く未知の新型コロナウイルスに対して根本的な対策を打ち出せない状態の中で、敷島医師の口から思わず「これは負け戦だ」との言葉が漏れた。

1月7日に、1都3県に「緊急事態宣言」が発出されたが、13日には対象地域が拡大された。長野県では「医療非常事態宣言」という県独自の警報が出された。長野県でも医療の崩壊が徐々に進行していた。

介護施設の「ラカーユ」でクラスターが発生し多数の患者が出た。「ラカーユ」に対して地域住民からひどい誹謗中傷が集中した。

信濃山病院では院内感染という衝撃的な事態が発生した。感染症病棟で働く3名の看護師が陽性であることが確認されたのだ。病院内の対策会議では犯人捜しのような発言も飛び出し深刻な空気に包まれたが、最後に、南郷院長の的確な指示が次々と打ち出された。事態打開のために院内全員の必死の取り組みがはじまった。その後一週間、院内感染者は一人も発生することはなかった。

【感想】

２０２２年2月から6月にかけて国内の1日当たりの感染者数が、10万４４７人を記録した第6波が日本を襲った。この作品の時期設定はこの第6波と想定される。この時期は全国の病院、特に感染症指定病院では、コロナ禍の最悪の事態を経験していたと思われる。この時期の病院で起こっている現実をメディアの報道を通じてしか知らなかった私には、ここで描かれている現状を知って驚愕であった。

一人でも多くの皆さんに読んで頂きたい作品の一つである。

『ザ・パンデミック』／濱　嘉之／講談社文庫（2020年11月発行）

【作品概要】

警視庁出身の主人公・広瀬は、私立病院の理事として危機管理を担当している。この病院では横浜に入港したクルーズ船の新型コロナウイルス感染者など多数の感染症患者を受け入れている。大病院で起こる様々な難題を解決していく。

【あらすじ】

川崎殿町病院は川崎市の工業団地内にある。広瀬はこの病院が所属する敬徳会の常任理事であり院内の危機管理を担当している。この病院は感染指定病院であった。横浜港に入港したクルーズ船のコロナ感染症患者の受け入れをはじめ各地の保健所からの患者の受け入れが多くある。従業員200名近くで構成されている大病院では、コロナのような感染症の対策、職員間の派閥抗争、労働組合対策、内部告発など数々の問題が発生する。警視庁出身の広瀬が、過去の経験を活かし諸問題を解決していく。

【感想】

広瀬の小気味よい的確な活躍に引き込まれ面白く読み進めることができた。大病院ではこのような諸問題をどのように処理しているのだろうか。現状を知りたくなった。

『ヒポクラテスの試練』／中山七里／祥伝社（2020年6月発行）

【作品概要】

前都会議員・権藤が急死した。死因は肝臓がんと思われていたが、浦和医大の光崎教授が司法解剖した結果、恐るべき感染症が死因であったことが判明する。感染経路と都会議員の視察旅行団にかかわる真相を追求するために浦和医大の栂野助教授とキャシー助教授がニューヨークへ飛ぶ。人種差別問題も絡んで驚くべき真実が暴露されていく。

【あらすじ】

前都会議員の権藤が肝臓がんの疑いで急死する。健康診断では特に問題がないという結果がでていた。城都大学の南条教授が権藤の死因に疑いを持った。権藤の甥の出雲が叔父の司法解剖に反対していたが、埼玉県警の古手川刑事は権藤の遺体を霊柩車から浦和医大に運んだ。光崎教授の執刀で司法解剖がはじまった。解剖の途中で光崎教授は異物を見つけた。それはエキノコックスと呼ばれる寄生虫であった。

箕輪という60歳の男性が肝臓がんで死亡するというニュースを光崎教授が聞いた。エキノコックス症の可能性があるので光崎教授は遺体の解剖を望んだ。箕輪の妻・福美が解剖を強力に拒んだが、栂野と古手川刑事の必死の説得で解剖を認めさせた。解剖の結果、二人目のエキノコックス症の患者が発生したことが判明する。古手川刑事が箕輪の自宅を訪れた時、アメリカへの視察旅行の写真を福美から見せられた。都庁で調査すると、集合写真に写っている5人の名前が判明した。この5人がエキノコックスに寄生されている可能性が出てきた。5人の事情聴取を行ったが口は堅かった。栂野とキャシーがアメリカに渡り真相を追求することになった。ニューヨーク市検死局のリドラー局長もエキノコックス症で死亡していた。栂野とキャシーは、日本の視察団とリドラー局長が次のスケジュールが「９９０アパート」であったことを聞き出した。「９９０アパート」はコリアンの売春宿であり、犬の肉を使った韓国の伝統料理の提供もしていた。日本の視察団が売春旅行を楽しんでいたことが判明した。また、犬料理からエキノコックスの感染経路も掴むことができた。

【感想】

光崎教授、南条教授、栂野助教授、古手川刑事などそれぞれ個性的な人物が登場し、医療サスペンス小説として出色の作品で面白く読めた。死体解剖の生々しい描写が出てくるのが興味深かった。最後のアメリカが舞台になる部分は重要な構成要素であると思うが後味の悪さが残った。

『コロナの夜明け』／岡田晴恵／角川書店（2022年12月発行）

【作品概要】

新型コロナのパンデミックが発生して3年が経過した。生月碧教授が感染症学の学者として、また、医者としてコロナとどう戦ってきたかを石橋医師や鈴木保健所職員やその他多くの人たちとの交流を通して描いていく。

【あらすじ】

生月碧は、都内の私立大学で感染症学を教える教授である。横浜港に入港しているクルーズ船で新型ウイルスによる集団感染が発生した。テレビのニュース報道がはじまり生月教授は、感染症の専門家として報道番組の解説を担当していた。感染症対策の基本は、まず検査を行うこと、そのためにＰＣＲ検査を増やし検査体制を構築することを強く主張し政府の政策の不備を突いた。やがて「政権批判だ」などの批判がSNSなどに現れ生月教授いじめがはじまった。連日連夜のテレビ出演で感染症学やウイルス学に基づく科学的な対策を訴え続ける彼女は、精神的にも肉体的にも次第に疲弊していく。番組を担当する綾野MC（司会者）は、ますますエスカレートしていくいじめの中で生月教授を励まし、番組での話し方など温かい助言したり身体をいたわる言葉をかけたりして彼女を支えた。佐々木ディレクターから実家の米で握ったおにぎりの差し入れがあった。いろいろな人々の優しさに触れた。

都内の下町にあるA病院で入院患者109人、病院職員83人が感染し43人が死亡するというクラスターが発生した。生月教授は「感染が疑われた時点ですべての患者と医療スタッフにPCR検査をすべきだったのに迅速な検査が行われなかったことが院内感染を起こした主因だ」とニュース番組で主張した。

石橋医師はクリニックを経営している内科医である。2021年1月に入り感染を疑われる患者が急増しスタッフはその対応に追われていた。入院を必要とする患者も何人かいた。保健所に入院依頼をすると状態は厳しく自宅療養やホテル療養を強いられるばかりであった。石橋医師は、軽症、中等症、重症患者を診る入院病棟を自力で建設した。

生月教授は、保健所の主任鈴木純一という署名の手紙を受け取った。「オミクロン株の流行で、検査体制も十分拡充できず療養施設も確保できなかったことが感染拡大につながったこと、入院を求める相手が発症して苦しい中を長い電話の後で自宅療養を求めることしかできないことが多いこと、国が示した方針であるから現在の対策は正しいと思い込んでいる保健所職員が多いこと、コロナが収束に向かったところで現在のような非科学的な対策では同じことを繰り返すことなど、保健所での彼の苦悩が正直に書かれていた。彼女は鈴木主任の手紙を読んで胸が熱くなった。

生月教授は、厳しい現状の中で、学者として「ペンは剣よりも強し」で勝負することを思い立った。コロナ対策の検証本を書いて世に問うことを決めた。

【感想】

岡田晴恵教授と言えば2019年12月に新型コロナウイルスパンデミック発生以来、連日のようにテレビ番組に出演されていたことを思い出す。感染症学の科学的知見に基づいてコロナ対策に献身的に取り組んでこられた経緯を、生月教授を分身として描かれている。一般の国民が知りえなかったコロナパンデミックの真実が炙り出されている貴重な記録である。

『パルウイルス』／高嶋哲夫／角川春樹事務所（2023年3月発行）

【作品概要】

2万7000万年の間シベリアの永久凍土に埋もれていたマンモスの体内に宿っていたエボラウイルスに似た致死率の高いウイルスが、地球の温暖化に影響され地上に現れ、サンバレー市などでパンデミックを引き起こす。遺伝子研究所のカール研究員とCDC（アメリカ疾病予防管理センター）のメディカル・オフィサーを務めるジェニファーがこのウイルスの宿主探索に乗り出す。

【あらすじ】

カール・バレンタインは、遺伝子研究所の研究員である。2020年に発生したコロナ禍ではCDCの顧問として、ニューヨーク市のコロナ対策に貢献した。カールは、ナショナルバイオ社の副社長ニックから古い肉片に潜む遺伝子を取り出す仕事を依頼された。カールは作業を進める途中に未知のウイルスを発見しそれをスケッチに残した。ニックがウイルス性の腸炎で入院をした。ニックはカールに「依頼した肉片は2万7000万年前のマンモスでありシベリアの永久凍土から掘り出されて、アラスカのアンカレッジに送られたものだ」と語った。

主人公のCDCのジェニファー博士は、カールと大学時代の同級生である。カールとジェニファーはこの未知のウイルスの真相を探るためアンカレッジに向かった。二人はナショナルバイオ社の研究所が管理する冷凍倉庫で子供のマンモスの半身を発見した。カールは肉片を切り取りウイルス検査のためアラスカ大学に向かった。ジェニファーの知り合いのサラ研究員に検査を依頼した。サラは肉片からエボラウイルスに似ているウイルスを発見した。

カールとジェニファーはナショナルバイオ社の所長からサンバレー市の研究所でエボラウイルスに感染した患者が29名発生したことを告げられる。ニック副社長たちが、シベリアで永久凍土から子供のマンモスを見つけ発掘し体内から採取したサンプルの肉片をアンカレッジ研究所からニューヨークへ送ったのが原因だったと推測した。カールとジェニファーはサンバレー市に向かった。カールはコロナ禍での経験を活かし市内のパンデミックを抑え込むことに成功した。二人は子供のマンモスが発見された場所を追跡するためアラスカに戻った。アラスカ大学でシベリアの生物を研究しているレオニードと知り合うことになる。レオニードから先住民の住むユリンダという村で感染症の発生で29人の村民全員が死亡するという悲劇を聞いた。

シベリアでは地球温暖化の影響で永久凍土が解け、ガス田の開発が進んでいた。ロシアとアメリカの合弁会社ガスボルト社の敷地内で爆発が起こり、ウイルスの聖地ともいうべきマンモスの墓場が現れた。この地帯ではサンバレー市で発生したウイルスよりさらに感染力が強く致死率が高い最悪のウイルスが存在しているとカールは推測した。カールとジェニファーはこのウイルスの宿主の探索をはじめる。驚くべきエピローグが待ち受けていた。

【感想】

時は全世界に歴史的な大災厄をもたらした新型コロナウイルス感染症がようやく収束を迎えた頃である。シベリアの永久凍土に埋もれていたマンモス中に恐ろしいウイルスが存在していた。人類とウイルスとの戦いは終わった訳ではない。ウイルスはどこに潜んで牙を剥いているのか分からない。私たちに強烈な警告を与えてくれる小説である。

主人公のカールとジェニファーが、アメリカとロシアの国境をいとも簡単に往来しているが設定が安易な感じがする。ウイルスの聖地であるマンモスの墓場に燃料輸送車を使って爆破してウイルス退治をするという発想以外に他の手段はなかったのか。

IV

「感染小説」、その概要及び「短編小説」、その概要と私的感想

『キャプテンサンダーボルト』／**伊坂幸太郎・阿部和重**／新潮文庫（2019年10月発行）

（2014年11月文芸春秋より刊行され、新潮文庫での刊行に際し、対談と短編を収録した）

蔵王山中の御釜（五色沼）に旧陸軍の生物兵器・村上病と呼ばれる感染症ウイルスの製造施設があった。戦時中のこと米空軍のB29に乗った米兵がその施設を爆破する。小学校時代の野球仲間の主人公たちが、人類淘汰を目論む国際テロ集団と闘う。

『**感染列島**』／**涌井　学**／小学館文庫（2008年8月発行）

東京都いずみの市でワクチンが全く効かない新型インフルエンザが発生する。次第に拡大を続けるパンデミックの危機が日本列島を襲っていく。

『感染捜査』／吉川英梨／光文社（2021年5月発行）

東京五輪の直前、東京湾に停泊する豪華客船クイーンマム号とお台場にあるレストランで謎の新型ウイルスによる感染症が発生する。ゾンビ化する感染者を撃ち殺すべきか、人権を守るべきか。苦悩が深まる。

『ただいま、お酒は出せません！』／長月天音／集英社（2022年4月発行）

コロナ禍で最もひどい影響を受けているのは飲食業界で働く人たちである。新宿のイタリアンレストランでパートとして働く六花が、コロナ禍で閉店のおそれのある店の立て直しに大活躍をする。

『感染源』／仙川　環／PHP文芸文庫（2013年11月発行）

東京の大学の理学部植物学科で研究員をしていた小関直美は、マレーシアで新薬開発の仕事をはじめた。彼女はマレーシア半島のある島で、住民が狭心症に効く薬草を使っている噂を聞いた。その薬草から抽出した物質を日本の製薬会社へ送ったが、研究員が感染症らしい症状で死亡した。直美は感染源を探ろうとするが、仕事のパートナーが行方不明になるなど、様々な困難に遭遇する。

『鬼嵐』／仙川　環／小学館（2021年12月発行）

感染症医の及川夏未は、勤務する東京の大学病院をやめて、北関東にある実家に戻ってきた。そこで奇妙な感染症の発生に遭遇する。夏未はこの感染症の真相究明に取り組んでいく。

『巡査長　真行寺弘道』／榎本憲男／中央公論社（2020年11月発行）

2020年、新型ウイルスが蔓延しているなか、伝説的なミュージシャン浅倉マリは自粛が求められているライブ活動を続けている。巡査長真行寺が彼女の監視と説得活動を命じられる。彼が支援するバンド「愛欲人民カレー」のメンバーとの交流も絡んで、コロナ禍の社会が抱える問題をリアルに描く。

『ブラック・ショーマンと名もなき町の殺人』／東野圭吾／光文社（2020年11月発行）

名もなき町、でも観光地である。客を呼ぶための計画が進行していたがコロナ禍の影響を受けて頓挫してしまう。そんな町で元国語の教師が殺されるという奇妙な殺人事件が起こる。教師の娘と手品師の叔父が真相究明に挑む。同窓生の人間関係も絡み合いストーリーが複雑に展開していく。

『ライヴ』／山田悠介／角川文庫（2009年6月発行）

トライアスロン（ラン、自転車、水泳）を完走すれば、致死率の高いドゥーム・ウイルスの特効薬がもらえるという情報がネットで発信された。このウイルスに感染した母を持つ田村直人は、半信半疑の思いがあったがレースに参加することにした。お台場をスタートにしてはじまったレースはテレビで生中継される。果たして直人はこの過酷なレースを完走できるのか。

『ヒュウガ・ウイルス』／村上　龍／幻冬舎（1996年5月発行）

アメリカ人の女性ジャーナリストのコウリーは、少数の先進国による正義なき支配に対し戦いを宣告した「UG」に受け入れられる。彼女は、筋痙攣の後に吐血して死亡する恐ろしいウイルスが蔓延している日本の九州で「UG」の兵士と共に行動をしながら取材を続けることになった。

㊟「UG軍」（日本国軍）日本は第2次世界大戦において崩壊したが、アンダーグラウンドと呼ばれる戦闘的な国家を形成していった。

『コロナ狂騒録』／海堂　尊／宝島社（2021年9月発行）

前作の『コロナ黙示録』の続編。登場人物、人間関係、舞台などは前作とほとんど同じである。日本のコロナをめぐる政治と官僚の関係、日本の抱えている医療問題などが、海堂流の手法で次々とやり玉にあがっていく。コロナワクチンについてかなりのページが割かれているが素人には分かりやすく役に立つ。

『感染列島パンデミック・イブ』／**吉村達也**／小学館（2008年12月発行）

「エマージング・ウイルス」という強毒性の新型ウイルスの恐怖を緻密な科学的視点で描く。

『竜と流木』／**篠田節子**／講談社（2016年5月発行）

太平洋に位置する小島メガロ・タタには、水の守りとして島民から愛されているウアブという両性類が棲息している。生物研究者のジョージがこのウアブを飼育し研究を続けている。島の開発をめぐりウアブを隣の人工島に移すことになった。しかし、環境の変化により恐るべき災厄が起こる。人間の無節操な生態系破壊に自然の猛烈な反撃が始まった。

『清浄島』／河﨑秋子／双葉社（２０２２年10月発行）

大正時代、北海道の礼文島で大規模の山火事が起こった。植林をするが若木がネズミの被害に遭い悩まされた。ネズミ退治にキツネを島に持ち込んだ。そのキツネが宿主となる「エキノコックス症」が発生した。１９５４年、北海道衛生研究所の土橋研究員が礼文島に赴任し、役場職員山田、町会議員の大久保など島民と共にこの疫病と闘っていく姿を描く。

『レフトハンド』／中井拓志／角川ホラー文庫（２００６年12月発行）

大手製薬会社の研究所で、致死率１００％の恐るべきウイルスによる感染症パニックが発生した。このウイルスに感染すると左腕が異常に腫れて心臓もろとも身体から離脱する。この左腕が自立して活動を始める。生物が爆発的に数や種類を増やした5億6千万年のカンブリア紀を連想させる。この怪奇に満ちたウイルスを登場させることで独特のホラー小説に仕立てた手腕は見事である。

（第４回（１９９７年）日本ホラー小説大賞受賞作品）

『マスク』／菊池　寛／文春文庫（２０２０年12月発行）

「スペイン風邪をめぐる短編小説集」の中に収録されている。１９１８年～１９２０年にスペイン風邪が流行した際に菊池　寛自身が経験したことが基になっている。主人公が医者から心臓が弱いことを告げられ落ち込み、流行性感冒に恐怖を感じマスクの着用に特別の思いを持った様子を描いている。新聞に感染者の死亡数が毎日掲載されるのを見て一喜一憂する場面は、現在のコロナ禍の状況と全く同じ状況が描かれていて興味深い。

『簡単な死去』／菊池　寛（『マスク』の中に収録されている）

主人公の勤める新聞社で、同僚の沢田記者がスペイン風邪で死亡した。お通夜に誰かが出席しなければならないが、沢田記者はあまり人望がなかった上に、伝染病による死亡のため出席を嫌がる空気が強かった。そこでクジで出席者を決めることになる。感染症の恐怖が人を分断させる状況を見事に表現している。

『船医の立場』／菊池　寛（『マスク』の中に収録されている）

時は嘉永6年、舞台は下田である。武士の吉田虎次郎、金子重輔の二人はアメリカへの渡航を志していた。黒船の旗艦ポワタン号へたどり着いた。ペリー提督や艦長たちは二人の渡航に賛意を示したが、船医のワトソンは二人が伝染性腫瘍に罹患していたことで反対する。二人が航梯から降ろされるのを見たワトソンはその夜眠れなかった。

『流行感冒』／志賀直哉／岩波文庫

（1919年4月に雑誌「白樺」に「流行感冒と石」のタイトルで発表された）

１９１８年の秋、主人公の住む千葉県我孫子にも流行感冒（スペイン風邪）が襲った。主人公は、娘を運動会に行くこと、女中が町に行っても店で無駄話をすること、芝居に行くことを禁じた。１００年前の人々が、感染症のパンデミックに直面した時の行動や思いが描かれている。

『赤い雨』／貴志祐介／文芸春秋社（2020年3月発行）

（表題「罪人の選択」の短編集（4編収録）の中に掲載されている）

遺伝子改造を施した藻類チミドロの胞子を含む赤い雨が全世界を覆い、生物が絶滅の危機にある地球が舞台である。一部の特権階級の人々だけが安全ドームに住みそれ以外は感染リスクの高いスラムに住んでいる。選ばれてドームに入った

女医の橘　瑞樹は、チミドロによる感染症の治療法を探ることになる。感染症によるパンデミックが発生した時に人間が示す本性を描いた作品である。

『伝染《うつ》る恐怖　感染ミステリー傑作選（8編）』／宝島社文庫（2021年2月発行）
（一部外国の作品が収録されている）

『赤死病の仮面』／エドガー・アラン・ポー（松村達雄　訳）
恐ろしい赤死病が流行し住民たちが死んでいく中、特権階級は手を打つでもなく放蕩に耽る。

『瀕死の探偵』／アーサー・コナン・ドイル（深町真理子　訳）
シャーロック・ホームズが伝染病で瀕死の状態だと知ったワトスンは、ホームズのもとに駆け付ける。

『悪疫の伝播者』／フリーマン　（佐藤祥三　訳）

のみと虱の入った謎のガラス管に関する依頼から物語がはじまる。

『空室』／マーキー　（伴　大矩　訳）

1889年パリ万博に母と娘が訪れた。母親はホテルで寝込んでしまう。娘が医者と共に戻ってきたところ、母親の姿はなく、ホテルの従業員たちは最初から娘しかいなかったと主張する。

『南神威島』／西村京太郎

医者の『私』は、ある離島に赴任した。島で3人の病人が出た。さらに病人が増えていく。どうも伝染病らしい。自分がこの伝染病を持ち込んだのではないかと思いはじめる。

『疫病船』／皆川博子

主人公の初子は、母親を殺そうとして逮捕される。国選弁護人の安達は、事件の背景を探る中で終戦直後、復員船の中でコレラが蔓延した悲劇を知ることになる。

『叫び』／梓崎　優

ジャーナリストの斉木は、南米の密林でエボラ出血熱と思われる感染症に襲われ村人たちが次々と倒れていく村に遭遇した。このような村で奇妙な殺人事件が起こる。

『二週間後の未来』／水生大海

主人公の環は、社内恋愛の相手が、取引先の社長令嬢と婚約したことを知る。環は彼を毒殺しようと計画を立てる。しかし、新型ウイルスが流行して計画が狂ってしまう。

『アンソーシャル ディスタンス』／金原ひとみ／新潮社（2021年5月発行）

13歳のときからリストカットを繰り返す、過食と拒食を繰り返す女子大生の沙南と勉強も就活も「嫌だな」と言いながらも無難に生きていく大学生の幸希のカップルの交流を描いていく。生きていく糧にしていたバンドのライブが中止になるなどコロナ禍がもたらす数々の不条理を体験していく。世間で正しいとされている「ソーシャルディスタンス」に逆行していく。

V

私にとっての「感染小説」10選

本書の第2項「これまでに読んだ感染症を題材にした小説の一覧」の中から、私のおすすめする10編を紹介したい。

『復活の日』／小松左京

本書は今から50年前の東京五輪が開催された1964年8月に出版されベストセラーになった作品である。当時から懸念されていた核戦争とともに、バイオテクノロジーによる人類破滅をテーマにした日本初の作品だった。「新型コロナウイルス蔓延下ではこの『復活の日』という小説が、ウイルスの危機に晒されている世界で人類が断崖に追い詰められる前に事態を回避する一助になることを願っています」と、作者の次男、小松実盛氏が語っておられる。ウイルス感染を語る上での草分け的な小説として今後も読まれていくだろう。

『夏の災厄』／篠田節子

ある小都市で発生したウイルス・パンデミックの中で住民が様々な問題を解決していく。その過程を丹念に描写し総合的に一つのストーリーにまとめ上げていく作者の手法に引き込まれていく。優れた感染小説であり、エンターテイメント小説としても楽しめる。

『火定』／澤田瞳子

人間は極限状態にさらされた時、救いようのない弱さを発揮することがある。同時にとてつもない崇高な強さを発揮することもある。本書ではこの人間の両面が見事に描かれている。天然痘という災厄の中で織りなされる人間模様がコロナ禍で苦しむ私たちに連帯の気持ちを抱かしてくれる。

行政などの場面で古い用語が使われているが、特に難渋することなく読み進めることができる。

『武漢コンフィデンシャル』／手嶋龍一

新型コロナウイルスの発生からパンデミックに至る経緯、生物・細菌兵器の開発競争、中国の近代史、中国の香港に対する政治介入と香港の人々の抵抗などの諸問題が次々と登場していくが最後の驚くべきエピローグに向けて収斂していく流れが見事である。

『機械仕掛けの太陽』／知念実希人

新型ウイルスによるパンデミックが発生してから3年が経過した。この間に医療現場ではどのようなことが起こっていたのか。現場での実態は、メディアを通じての報道程度しか理解していない国民が多いのではないか。本書は医療現場の実態をリアルに伝えてくれる。新型コロナウイルスがもたらした災厄の生々しい実態を綴った貴重な記録として今後とも読み続けられていくだろう。

『臆病な都市』／砂川文次

自衛隊出身の著者が「自衛隊の演習では敵の存在が必要である。しかし、実際の敵はいないので架空の敵を想定する。与えられた敵を観念しない隊員がいると訓練の意味はなくなる。本当の敵はいないのに馬鹿馬鹿しく思えてしまうという経験をした。存在しないのに架空に存在しているものに対する執着心がこの小説の着想を生んだ」と語っておられる（2020年8月2日のブログより）。

首都庁に勤務する主人公kが、根拠の薄いウイルス流行の対策の一環としてワッペン着用運動を発案する。この運動が人権侵害の危険性を帯びてくる。何か背筋が寒くなる思いがしてくる。

『あなたに安全な人』／木村紅美

コロナ禍は私たちの社会に様々な影響をもたらした。人と人との接触を極度に制限することにより起こる心理的な分断が現れてきた。不安感、疎外感、閉塞感、いわれのない差別意識が社会に拡がっている。コロナ感染を異常に恐れる田舎の町で差別を受ける男女の主人公を通して、コロナ禍がもたらす不条理を過激な表現を抑え見事に描き出している。

『コロナの夜明け』／岡田晴恵

コロナ禍による死者数が、7万4694人（NHK調べ、2023年5月現在）に達した。犠牲者を減らす手立てがもっとあったのではないか、入院を必要とする病床が不足する医療崩壊を防ぐ手段があったのではないだろうかと思いがつのる。本書では主人公の生月碧教授（本書の著者岡田晴恵教授の分身）が、コロナウィルス・パンデミックを防ぐ手段として「PCR検査の早期確保」「大規模発熱外来診断施設の設置」「大規模集約医療施設の設置」を強く主張している。コロナが収束しても、喉元過ぎれば熱さを忘れるのではなく、将来のウイルス危機に備えて私たちが肝に銘じておかなければならない提案である。

『首都圏パンデミック』／大原省吾

猛毒ウイルスの感染症が長崎の離島で発生し島民に大きな犠牲が出た。芝浦の運河でこの事件に関連しているのではないかと思われる溺死体が発見され警視庁が捜査に乗り出すという警察小説。タイから東京に向かう旅客機の中で問題のウイルス感染が発生するという航空小説。この旅客機がはらむ危機をどう回避するか政府の対応をめぐる危機管理小説などの内容で構成されている。それぞれのストーリーが巧みに絡み合ってハラハラドキドキ感に満たされる。感染症を題材としたミステリーとして興味深い作品である。

『黒い春』／山田宗樹

設置された対策チームが「1400年前に琵琶湖の沖島で黒手病に感染した死者を埋葬した石棺から黒手病菌が現れた。飛鳥時代に来日した隋の使節の従者の一人が黒手病で死亡したものと推定される」との驚くべき仮説を発表した。

人間と感染症という深刻なテーマにもかかわらず、深い歴史を背負った病原菌の登場ということで歴史ミステリーの要素も加わり興味が尽きない。

Ⅵ

「感染小説」をめぐる私の雑感

「感染小説」の変遷

１９１８年から１９２０年にかけて全世界で流行したスペイン風邪は、日本でも感染者数2千3百万人、死者38万人にも及ぶパンデミックが発生した（ウィキペディア調べ）。菊池　寛が『マスク』（スペイン風邪をめぐる小説集）を、また、志賀直哉が『流行感冒』を発表した。当時は、スペイン風邪がウイルスによる感染症であることが一般に知られておらずこれらの作品が「感染小説」のジャンルという認識は薄かった。

その後、ＳＡＲＳ、ＭＡＲＳ、鳥インフルエンザ（Ｈ５Ｎ１）など新興感染症がアジア地域などで発生したが、日本への影響は少なかった。その間、『復活の日』小松左京（１９７５年）、『破船』吉村　昭（１９８５年）、『夏の災厄』篠田節子（１９９８年）、『黒い春』山田宗樹（２００５年）、『感染列島』涌井　学（２００８年）、『Ｈ５Ｎ１　強毒性新型インフルエンザウイルス日本上陸のシナリオ』岡田晴恵（２００９年）、『隠されたパンデミック』岡田晴恵（２００９年）、『首都感染』

高嶋哲夫（２０１０年）、『封鎖』仙川　環（２０１３年）、『火定』澤田瞳子（２０１７年）などの作品が登場している。２０２０年にはじまった新型コロナウイルスによるパンデミックの３年間は、数多くの「感染小説」が次々と出版されてきた。「感染小説」としてのジャンルとして定着してきたと言える。「感染小説」の題材は主として強毒性のウイルスを主体とした病原体である。ウイルスは様々な新型ウイルスとして現れてくる。そして地球上のあらゆる地域に蔓延していく。

人間とウイルスの壮絶な戦いがはじまる。このような人間とウイルスとの関係が続く限り「感染小説」は形を変えながらも「災害小説」の中の強力な一つのジャンルとして存続していくだろう。

これからの「感染小説」に期待すること

２０２３年５月５日、ＷＨＯのテドロス事務局長は「国際的に懸念される公衆衛生上の緊急事態（２０２０年発表）」の終了を宣言した。また、日本では、新型コロナウイルスは感染症法の5類となりコロナ対応は「平時」に向かった。全世界がコロナ後の日常へと動きはじめた。しかし、このコロナパンデミックが全人類にもたらした負の影響は多岐にわたり測り知れないものがある。

日本国内で起こっている諸問題

・保健所が感染者の疫学調査と患者登録のゲートキーとなったが、この四半世紀の間に保健所の数は半減していたため保健所の対応が窮迫した。(日本学術会議の報告)

・日本における新型コロナウイルスに対するワクチンの開発は英国、米国に大きく後れをとった。(日本学術会議の報告)

・わが国で2023年3月の時点で感染者3352万7123人、死者7万4669人に達している。(ジョンズ・ポプキンズ大学発表)コロナ感染症から回復した人たちの中から、「倦怠感」「息切れ」「記憶障害」「集中力の低下」「味覚・嗅覚の低下」など様々な体調不良に悩む人たちが現れ、深刻な後遺症の問題が顕在化した。(厚生労働省まとめ)

・この3年間で政府主導の新型コロナウイルス対策事業が様々な角度から展開され、総額100兆円に及ぶ予算が費やされた。その支出をめぐって数々の問題が噴出している。(「週刊現代」2023年7月14日発行)

・新型コロナウイルス検査の無料化事業をめぐって5都府県で不正な申請があり、227億円の交付を取り消していた。(「朝日新聞」2023年7月14日)

・厚生労働省は雇用調整助成金256億5千万の不正受給を確認した。(「朝日新聞」2023年7月14日)

・持続化給付金228億円が自主返納された。(「朝日新聞」2023年7月14日)

・「近畿日本ツーリスト支店長ら3人逮捕・ワクチン業務5・8億円詐欺容疑」の記事が報道された。(「朝日新聞」2023年6月16日)

国際社会で起こっている諸問題

・WHOのテドロス事務局長の6月9日の会見で、「新型コロナウイルスワクチンの供給に衝撃的な不均衡が生じている。これまでに新型コロナウイルスワクチンは、世界で7億回余りが接種されたが、そのうち87％が中・高所得の国で接種され、低所得国で接種されたのは0・2％にとどまる」と語った。

（2021年6月9日　ロイター）

ワクチンの不均衡な供給は、感染拡大の幅を極端に広げると共に致死率の高い変異株の発生に繋がっていく。

・純粋な科学目的のためのバイオテクノロジーの研究は各国が取り組んでいる。しかし、その研究は常に恐ろしい生物化学兵器の開発に繋がる可能性が存在することが議論されてきた。

「1975年に発効された『生物兵器禁止条約』は、生物兵器の開発・生産・貯蔵を明確に禁止する条約であるが、査察などの手段で検証する規定がなく効果は不十分で、国際的な協力の体制作りには課題が多い」（読売クオータリー、２０２０年10月5日）との指摘がある。

新型コロナウイルスパンデミックを契機に生物兵器の問題が浮き彫りになってきた。

以上、新型コロナウイルスパンデミックが国の内外に及ぼした影響の一部を紹介してきたが、氷山の一角に過ぎない。第2、第3のパンデミックに備えるためには、これらの顕在化した問題の早期解決が求められている。

本書の「はじめに」（14頁）に、「感染小説」の魅力と効用について私見を述べている。

この魅力と効用を具現化した優れた「感染小説」が続々と登場してくることを心から願っている。

おわりに

2023年7月の外国人旅行者がコロナ前の8割に戻り4～6月期のGDPがコロナ前の水準に回復した。しかし、「厚生労働省は、8月25日、コロナ新規発症者が5類移行後最多となったと発表した」（朝日新聞2023年8月26日）。また、「加藤厚労相が、現状はコロナ「第9波」に突入しているとの認識を認めた」（朝日新聞2023年9月12日）。

環境ジャーナリストの石 弘之さんが人間とウイルスとの戦いを、「人間の細胞は、パスワードでカギを閉めてウイルスを侵入させないようにしているが、ハッカー（ウイルス）はあらゆる手段を使ってパスワードを見つけ侵入しようとする。ウイルスは猛烈な勢いで変異を作り出し、たまたまその中でカギ穴に合うカギを見つけ出した奴が侵入して来るから人間はかなわない。でも人間側はまたカギ穴をふさいで侵入させないようにする。」とコンピュータへの侵入を図るハッカーとの戦いに例えておられる。

「オミクロン株から派生したEG．5系統は2月にWHOに報告され8月に注目すべき変異株に指定された。免疫を逃れやすく感染しやすい可能性のあるEG．5．1が58％を占めると推計されている」という朝日新聞の記事（2023年9月13日）が、石さんの「たとえ」とあいまって興味深い。

あれ程、ゼロコロナ対策に執着していた中国もウィズコロナ対策に移行した。

現在、世界はウィズコロナ社会に向けて大きく動きだしている。本書が、これからのウィズコロナ社会の構築にささやかなりとも参考になれば幸せである。

最後に、拙著の出版にあたり幻冬舎ルネッサンスの上島秀幸さんから貴重な数々の助言を頂いた。心から感謝を申し上げたい。

〈著者紹介〉
松下 美高（まつした よしたか）
兵庫県立高校で、32年間英語教諭として勤務。
退職後、日本英語検定協会主催英語検定試験の実施委員を20年務める。現在、生野国際交流協会会長。

感染症《かんせんしょう》を題材《だいざい》とした小説《しょうせつ》の世界《せかい》
～新型《しんがた》コロナウイルス感染症《かんせんしょう》を中心《ちゅうしん》として

2023年12月22日　第1刷発行

著　者　　松下美高
発行人　　久保田貴幸

発行元　　株式会社 幻冬舎メディアコンサルティング
〒151-0051　東京都渋谷区千駄ヶ谷4-9-7
電話　03-5411-6440（編集）

発売元　　株式会社 幻冬舎
〒151-0051　東京都渋谷区千駄ヶ谷4-9-7
電話　03-5411-6222（営業）

印刷・製本　中央精版印刷株式会社
装　丁　　村上次郎

検印廃止

ISBN 978-4-344-69019-6 C0093
幻冬舎メディアコンサルティングＨＰ
https://www.gentosha-mc.com/